VICTOR HUGO

LES

MISÉRABLES

PREMIÈRE PARTIE

FANTINE

II

PARIS

PAGNERRE, LIBRAIRE-ÉDITEUR

18 RUE DE SEINE 18

M DCCC LXII

LES

MISÉRABLES

——

TOME DEUXIÈME

ÉDITEURS

A. LACROIX, VERBOECKHOVEN ET Cᵉ

A BRUXELLES

PARIS — IMPRIMERIE DE J. CLAYE, RUE SAINT-BENOIT, 7

VICTOR HUGO

LES

MISÉRABLES

PREMIÈRE PARTIE

FANTINE

II

PARIS

PAGNERRE, LIBRAIRE-ÉDITEUR

18 RUE DE SEINE 18

M DCCC LXII

LIVRE QUATRIÈME

CONFIER, C'EST QUELQUEFOIS LIVRER

1

UNE MÈRE QUI EN RENCONTRE UNE AUTRE

Il y avait, dans le premier quart de ce siècle, à Montfermeil, près Paris, une façon de gargote qui n'existe plus aujourd'hui. Cette gargote était tenue par des gens appelés Thénardier, mari et femme. Elle était située dans la ruelle du Boulanger. On voyait au-dessus de la porte une planche clouée à plat sur le mur. Sur cette planche était peint quelque chose qui ressemblait à un homme

portant sur son dos un autre homme, lequel avait
de grosses épaulettes de général dorées avec de
larges étoiles argentées; des taches rouges figuraient du sang ; le reste du tableau était de la
fumée et représentait probablement une bataille.
Au bas on lisait cette inscription : AU SERGENT DE
WATERLOO.

Rien n'est plus ordinaire qu'un tombereau ou
une charrette à la porte d'une auberge. Cependant
le véhicule ou, pour mieux dire, le fragment de
véhicule qui encombrait la rue devant la gargote
du Sergent de Waterloo, un soir du printemps
de 1818, eût certainement attiré par sa masse l'attention d'un peintre qui eût passé là.

C'était l'avant-train d'un de ces fardiers, usités
dans les pays de forêts, et qui servent à charrier
des madriers et des troncs d'arbres. Cet avant-train
se composait d'un massif essieu de fer à pivot où
s'emboîtait un lourd timon, et que supportaient
deux roues démesurées. Tout cet ensemble était
trapu, écrasant et difforme. On eût dit l'affût d'un
canon géant. Les ornières avaient donné aux roues,
aux jantes, aux moyeux, à l'essieu et au timon,
une couche de vase, hideux badigeonnage jau-

nâtre assez semblable à celui dont on orne volontiers les cathédrales. Le bois disparaissait sous la
boue et le fer sous la rouille. Sous l'essieu pendait
en draperie une grosse chaîne digne de Goliath
forçat. Cette chaîne faisait songer, non aux poutres
qu'elle avait fonction de transporter, mais aux
mastodontes et aux mammons qu'elle eût pu atteler; elle avait un air de bagne, mais de bagne
cyclopéen et surhumain, et elle semblait détachée
de quelque monstre. Homère y eût lié Polyphème
et Shakspeare Caliban.

Pourquoi cet avant-train de fardier était-il à cette
place dans la rue? D'abord, pour encombrer la
rue; ensuite pour achever de se rouiller. Il y a
dans le vieil ordre social une foule d'institutions
qu'on trouve de la sorte sur son passage en plein
air et qui n'ont pas pour être là d'autres raisons.

Le centre de la chaîne pendait sous l'essieu assez
près de terre, et sur la courbure, comme sur la
corde d'une balançoire, étaient assises et groupées,
ce soir-là, dans un entrelacement exquis, deux
petites filles, l'une d'environ deux ans et demi,
l'autre de dix-huit mois, la plus petite dans les bras
de la plus grande. Un mouchoir savamment noué

les empêchait de tomber. Une mère avait vu cette effroyable chaîne, et avait dit : Tiens! voilà un joujou pour mes enfants.

Les deux enfants, du reste gracieusement attifés, et avec quelque recherche, rayonnaient; on eût dit deux roses dans de la ferraille; leurs yeux étaient un triomphe; leurs fraîches joues riaient. L'une était châtaine, l'autre était brune. Leurs naïfs visages étaient deux étonnements ravis; un buisson fleuri qui était près de là envoyait aux passants des parfums qui semblaient venir d'elles; celle de dix-huit mois montrait son gentil ventre nu avec cette chaste indécence de la petitesse. Au-dessus et autour de ces deux têtes délicates, pétries dans le bonheur et trempées dans la lumière, le gigantesque avant-train, noir de rouille, presque terrible, tout enchevêtré de courbes et d'angles farouches, s'arrondissait comme un porche de caverne. A quelques pas, accroupie sur le seuil de l'auberge, la mère, femme d'un aspect peu avenant du reste, mais touchante en ce moment-là, balançait les deux enfants au moyen d'une longue ficelle, les couvant des yeux de peur d'accident avec cette expression animale et céleste propre à la maternité; à chaque va-et-vient, les hideux anneaux jetaient un bruit strident qui ressemblait à un cri de colère; les petites filles s'extasiaient, le soleil couchant se mêlait à cette joie, et rien n'était charmant comme ce caprice du hasard qui avait fait d'une chaîne de titans une escarpolette de chérubins.

Tout en berçant ses deux petites, la mère chantonnait d'une voix fausse une romance alors célèbre :

Il le faut, disait un guerrier.

Sa chanson et la contemplation de ses filles l'empêchaient d'entendre et de voir ce qui se passait dans la rue.

Cependant quelqu'un s'était approché d'elle, comme elle commençait le premier couplet de la romance, et tout à coup elle entendit une voix qui disait très-près de son oreille :

— Vous avez là deux jolis enfants, madame.

— A la belle et tendre Imogine,

répondit la mère, continuant sa romance, puis elle tourna la tête.

Une femme était devant elle, à quelques pas.

Cette femme, elle aussi, avait un enfant, qu'elle portait dans ses bras.

Elle portait en outre un assez gros sac de nuit qui semblait fort lourd.

L'enfant de cette femme était un des plus divins êtres qu'on pût voir. C'était une fille de deux à trois ans. Elle eût pu jouter avec les deux autres petites pour la coquetterie de l'ajustement; elle avait un bavolet de linge fin, des rubans à sa brassière et de la valenciennes à son bonnet. Le pli de sa jupe relevée laissait voir sa cuisse blanche, potelée et ferme. Elle était admirablement rose et bien portante. La belle petite donnait envie de mordre dans les pommes de ses joues. On ne pouvait rien dire de ses yeux, sinon qu'ils devaient être très-grands et qu'ils avaient des cils magnifiques. Elle dormait.

Elle dormait de ce sommeil d'absolue confiance propre à son âge. Les bras des mères sont faits de tendresse; les enfants y dorment profondément.

Quant à la mère, l'aspect en était pauvre et triste. Elle avait la mise d'une ouvrière qui tend à redevenir paysanne. Elle était jeune. Était-elle belle? peut-être; mais avec cette mise il n'y paraissait pas. Ses cheveux, d'où s'échappait une

mèche blonde, semblaient fort épais, mais dispa-
raissaient sévèrement sous une coiffe de béguine,
laide, serrée, étroite, et nouée au menton. Le rire
montre les belles dents quand on en a; mais elle
ne riait point. Ses yeux ne semblaient pas être secs
depuis très-longtemps. Elle était pâle; elle avait
l'air très-lasse et un peu malade; elle regardait sa
fille endormie dans ses bras avec cet air particulier
d'une mère qui a nourri son enfant. Un large mouchoir bleu comme ceux où se mouchent les inva-
lides, plié en fichu, masquait lourdement sa taille.
Elle avait les mains hâlées et toutes piquées de
taches de rousseur, l'index durci et déchiqueté par
l'aiguille, une mante brune de laine bourrue, une
robe de toile et de gros souliers. C'était Fantine.

C'était Fantine. Difficile à reconnaître. Pourtant, à l'examiner attentivement, elle avait toujours
sa beauté. Un pli triste, qui ressemblait à un commencement d'ironie, ridait sa joue droite. Quant à
sa toilette, cette aérienne toilette de mousseline et
de rubans qui semblait faite avec de la gaîté, de
la folie et de la musique, pleine de grelots et par-
fumée de lilas, elle s'était évanouie comme ces
beaux givres éclatants qu'on prend pour des dia-

mants au soleil; ils fondent et laissent la branche toute noire.

Dix mois s'étaient écoulés depuis « la bonne farce. »

Que s'était-il passé pendant ces dix mois? on le devine.

Après l'abandon, la gêne. Fantine avait tout de suite perdu de vue Favourite, Zéphine et Dahlia; le lien brisé du côté des hommes, s'était défait du côté des femmes; on les eût bien étonnées, quinze jours après, si on leur eût dit qu'elles étaient amies; cela n'avait plus de raison d'être. Fantine était restée seule. Le père de son enfant parti, — hélas! ces ruptures-là sont irrévocables, — elle se trouva absolument isolée, avec l'habitude du travail de moins et le goût du plaisir de plus. Entraînée par sa liaison avec Tholomyès à dédaigner le petit métier qu'elle savait, elle avait négligé ses débouchés, ils s'étaient fermés. Nulle ressource. Fantine savait à peine lire et ne savait pas écrire; on lui avait seulement appris dans son enfance à signer son nom; elle avait fait écrire par un écrivain public une lettre à Tholomyès, puis une seconde, puis une troisième. Tholomyès n'avait ré-

pondu à aucune. Un jour, Fantine entendit des
commères dire en regardant sa fille : — Est-ce
qu'on prend ces enfants-là au sérieux? on hausse
les épaules de ces enfants-là ! — Alors elle songea
à Tholomyès qui haussait les épaules de son enfant et qui ne prenait pas cet être innocent au sérieux; et son cœur devint sombre à l'endroit de
cet homme. Quel parti prendre pourtant? elle ne
savait plus à qui s'adresser. Elle avait commis une
faute; mais le fond de sa nature, on s'en souvient,
était pudeur et vertu. Elle sentit vaguement qu'elle
était à la veille de tomber dans la détresse et de
glisser dans le pire. Il fallait du courage; elle en
eut, et se roidit. L'idée lui vint de retourner dans
sa ville natale, à M. — sur M. —. Là quelqu'un
peut-être la connaîtrait et lui donnerait du travail;
oui; mais il faudrait cacher sa faute. Et elle entrevoyait confusément la nécessité possible d'une sépa-
ration plus douloureuse encore que la première. Son
cœur se serra, mais elle prit sa résolution. Fantine,
on le verra, avait la farouche bravoure de la vie.
Elle avait déjà vaillamment renoncé à la parure, et
s'était vêtue de toile, et avait mis toute sa soie,
tous ses chiffons, tous ses rubans et toutes ses

dentelles sur sa fille, seule vanité qui lui restât, et sainte celle-là. Elle vendit tout ce qu'elle avait, ce qui lui produisit deux cents francs; ses petites dettes payées, elle n'eut plus que quatre-vingts francs environ. A vingt-deux ans, par une belle matinée de printemps, elle quittait Paris, emportant son enfant sur son dos. Quelqu'un qui les eût vues passer toutes les deux eût eu pitié. Cette femme n'avait au monde que cet enfant et cet enfant n'avait au monde que cette femme. Fantine avait nourri sa fille; cela lui avait fatigué la poitrine et elle toussait un peu.

Nous n'aurons plus occasion de parler de M. Félix Tholomyès. Bornons-nous à dire que vingt ans plus tard, sous le roi Louis-Philippe, c'était un gros avoué de province, influent et riche, électeur sage et juré très-sévère; toujours homme de plaisir.

Vers le milieu du jour, après avoir, pour se reposer, cheminé de temps en temps, moyennant trois ou quatre sous par lieue, dans ce qu'on appelait alors les Petites Voitures des Environs de Paris, Fantine se trouvait à Montfermeil dans la ruelle du Boulanger.

Comme elle passait devant l'auberge Thénardier, les deux petites filles, enchantées sur leur escarpolette monstre, avaient été pour elle une sorte d'éblouissement, et elle s'était arrêtée devant cette vision de joie.

Il y a des charmes. Ces deux petites filles en furent un pour cette mère.

Elle les considérait, tout émue. La présence des anges est une annonce de paradis. Elle crut voir au-dessus de cette auberge le mystérieux ICI de la Providence. Ces deux petites étaient évidemment heureuses! Elle les regardait, elle les admirait, tellement attendrie qu'au moment où la mère reprenait haleine entre deux vers de sa chanson, elle ne put s'empêcher de lui dire ce mot qu'on vient de lire :

— Vous avez là deux jolis enfants, madame.

Les créatures les plus féroces sont désarmées par la caresse à leurs petits.

La mère leva la tête et remercia, et fit asseoir la passante sur le banc de la porte, elle-même étant sur le seuil. Les deux femmes causèrent.

— Je m'appelle madame Thénardier, dit la mère des deux petites. Nous tenons cette auberge.

Puis, toujours à sa romance, elle reprit entre
ses dents :

> Il le faut, je suis chevalier,
> Et je pars pour la Palestine.

Cette madame Thénardier était une femme
rousse, charnue, anguleuse ; le type femme-à-
soldat dans toute sa disgrâce. Et, chose bizarre,
avec un air penché qu'elle devait à des lectures
romanesques. C'était une minaudière hommasse.
De vieux romans qui se sont éraillés sur des ima-
ginations de gargotières, ont de ces effets-là. Elle
était jeune encore ; elle avait à peine trente ans.
Si cette femme, qui était accroupie, se fût tenue
droite, peut-être sa haute taille et sa carrure de
colosse ambulant, propre aux foires, eussent-elles
dès l'abord effarouché la voyageuse, troublé sa
confiance, et fait évanouir ce que nous avons à
raconter. Une personne qui est assise au lieu d'être
debout, les destinées tiennent à cela.

La voyageuse raconta son histoire, un peu mo-
difiée.

Qu'elle était ouvrière ; que son mari était mort ;
que le travail lui manquait à Paris, et qu'elle allait

en chercher ailleurs ; dans son pays ; qu'elle avait quitté Paris, le matin même, à pied ; que, comme elle portait son enfant, se sentant fatiguée, et ayant rencontré la voiture de Villemomble, elle y était montée ; que de Villemomble elle était venue à Montfermeil à pied ; que la petite avait un peu marché, mais pas beaucoup, c'est si jeune, et qu'il avait fallu la prendre et que le bijou s'était endormi.

Et sur ce mot elle donna à sa fille un baiser passionné qui la réveilla. L'enfant ouvrit les yeux, de grands yeux bleus comme ceux de sa mère, et regarda, quoi? Rien, tout, avec cet air sérieux et quelquefois sévère des petits enfants, qui est un mystère de leur lumineuse innocence devant nos crépuscules de vertus. On dirait qu'ils se sentent anges et qu'ils nous savent hommes. Puis l'enfant se mit à rire, et, quoique la mère la retînt, glissa à terre avec l'indomptable énergie d'un petit être qui veut courir. Tout à coup elle aperçut les deux autres sur leur balançoire, s'arrêta court, et tira la langue, signe d'admiration.

La mère Thénardier détacha ses filles, les fit descendre de l'escarpolette, et dit :

— Amusez-vous toutes les trois.

Ces âges-là s'apprivoisent vite ; et au bout d'une minute, les petites Thénardier jouaient avec la nouvelle venue à faire des trous dans la terre, plaisir immense.

Cette nouvelle venue était très-gaie ; la bonté de la mère est écrite dans la gaîté du marmot ; elle avait pris un brin de bois qui lui servait de pelle et elle creusait énergiquement une fosse bonne pour une mouche. Ce que fait le fossoyeur devient riant, fait par l'enfant.

Les deux femmes continuaient de causer.

— Comment s'appelle votre mioche ?

— Cosette.

Cosette, lisez Euphrasie. La petite se nommait Euphrasie. Mais d'Euphrasie la mère avait fait Cosette, par ce doux et gracieux instinct des mères et du peuple qui change Josefa en Pepita et Françoise en Sillette. C'est là un genre de dérivés qui dérange et déconcerte toute la science des étymologistes. Nous avons connu une grand'mère qui avait réussi à faire de Théodore, Gnon.

— Quel âge a-t-elle ?

— Elle va sur trois ans.

— C'est comme mon aînée.

Cependant les trois petites filles étaient groupées dans une posture d'anxiété profonde et de béatitude; un événement avait lieu; un gros ver venait de sortir de terre; et elles avaient peur; et elles étaient en extase.

Leurs fronts radieux se touchaient; on eût dit trois têtes dans une auréole.

— Les enfants, s'écria la mère Thénardier, comme ça se connaît tout de suite! les voilà qu'on jurerait trois sœurs!

Ce mot fut l'étincelle qu'attendait probablement l'autre mère. Elle saisit la main de la Thénardier, la regarda fixement et lui dit:

— Voulez-vous me garder mon enfant?

La Thénardier eut un de ces mouvements surpris qui ne sont ni le consentement ni le refus.

La mère de Cosette poursuivit:

— Voyez-vous, je ne peux pas emmener ma fille au pays. L'ouvrage ne le permet pas. Avec un enfant, on ne trouve pas à se placer. Ils sont si ridicules dans ce pays-là. C'est le bon Dieu qui m'a fait passer devant votre auberge. Quand j'ai vu vos petites si jolies et si propres et si contentes, cela m'a bouleversée. J'ai dit: voilà une bonne mère. C'est ça; ça fera trois sœurs. Et puis, je ne serai pas longtemps à revenir. Voulez-vous me garder mon enfant?

— Il faudrait voir, dit la Thénardier.

— Je donnerais six francs par mois.

Ici une voix d'homme cria du fond de la gargote :

— Pas à moins de sept francs. Et six mois payés d'avance.

— Six fois sept quarante-deux, dit la Thénardier.

— Je les donnerai, dit la mère.

— Et quinze francs en dehors pour les premiers frais, ajouta la voix d'homme.

— Total cinquante-sept francs, dit la madame Thénardier. Et à travers ces chiffres, elle chantonnait vaguement :

> Il le faut, disait un guerrier.

— Je les donnerai, dit la mère, j'ai quatre-vingts francs. Il me restera de quoi aller au pays. En allant à pied. Je gagnerai de l'argent là-bas, et dès que j'en aurai un peu, je reviendrai chercher l'amour.

La voix d'homme reprit :

— La petite a un trousseau?

— C'est mon mari, dit la Thénardier.

— Sans doute elle a un trousseau, le pauvre trésor. J'ai bien vu que c'était votre mari. Et un beau trousseau encore! un trousseau insensé, tout par douzaines; et des robes de soie comme une dame. Il est là dans mon sac de nuit.

— Il faudra le donner, repartit la voix d'homme.

— Je crois bien que je le donnerai! dit la mère. Ce serait cela qui serait drôle si je laissais ma fille toute nue !

La face du maître apparut.

— C'est bon, dit-il.

Le marché fut conclu. La mère passa la nuit à l'auberge, donna son argent et laissa son enfant, renoua son sac de nuit dégonflé du trousseau et léger désormais, et partit le lendemain matin, comptant revenir bientôt. On arrange tranquillement ces départs-là; mais ce sont des désespoirs.

Une voisine des Thénardier rencontra cette mère comme elle s'en allait, et s'en revint en disant :

— Je viens de voir une femme qui pleure dans la rue, que c'est un déchirement.

Quand la mère de Cosette fut partie, l'homme dit à la femme :

— Cela va me payer mon effet de cent dix francs qui échoit demain. Il me manquait cinquante francs. Sais-tu que j'aurais eu l'huissier et un protêt? Tu as fait là une bonne souricière avec tes petites.

— Sans m'en douter, dit la femme.

PREMIÈRE ESQUISSE DE DEUX FIGURES LOUCHES

La souris prise était bien chétive; mais le chat se réjouit même d'une souris maigre.

Qu'était-ce que les Thénardier?

Disons-en un mot dès à présent. Nous compléterons le croquis plus tard.

Ces êtres appartenaient à cette classe bâtarde composée de gens grossiers parvenus et de gens intelligents déchus, qui est entre la classe dite

moyenne et la classe dite inférieure, et qui combine
quelques-uns des défauts de la seconde avec
presque tous les vices de la première, sans avoir
le généreux élan de l'ouvrier ni l'ordre honnête du
bourgeois.

C'étaient de ces natures naines qui, si quelque
feu sombre les chauffe par hasard, deviennent facilement monstrueuses. Il y avait dans la femme le
fond d'une brute et dans l'homme l'étoffe d'un
gueux. Tous deux étaient au plus haut degré sus-
ceptibles de l'espèce de hideux progrès qui se fait
dans le sens du mal. Il existe des âmes écrevisses
reculant continuellement vers les ténèbres, rétro-
gradant dans la vie plutôt qu'elles n'y avancent,
employant l'expérience à augmenter leur difformité,
empirant sans cesse, et s'empreignant de plus en
plus d'une noirceur croissante. Cet homme et cette
femme étaient de ces âmes-là.

Le Thénardier particulièrement était gênant pour
le physionomiste. On n'a qu'à regarder certains
hommes pour s'en défier, car on les sent ténébreux
à leurs deux extrémités. Ils sont inquiets derrière
eux et menaçants devant eux. Il y a en eux de l'inconnu. On ne peut pas plus répondre de ce qu'ils

ont fait que de ce qu'ils feront. L'ombre qu'ils ont
dans le regard les dénonce. Rien qu'en les entendant dire un mot ou qu'en les voyant faire un geste,
on entrevoit de sombres secrets dans leur passé et
de sombres mystères dans leur avenir.

Ce Thénardier, s'il fallait l'en croire, avait été
soldat; sergent, disait-il; il avait fait probablement
la campagne de 1815, et s'était même comporté
assez bravement, à ce qu'il paraît. Nous verrons
plus tard ce qu'il en était. L'enseigne de son cabaret était une allusion à l'un de ses faits d'armes.
Il l'avait peinte lui-même, car il savait faire un
peu de tout; mal.

C'était l'époque où l'antique roman classique,
qui, après avoir été *Clélie*, n'était plus que *Lo-
doïska*, toujours noble, mais de plus en plus vul-
gaire, tombé de mademoiselle de Scudéri à madame Bournon-Malarme et de madame de Lafayette
à madame Barthélemy-Hadot, incendiait l'âme
aimante des portières de Paris et ravageait même
un peu la banlieue. Madame Thénardier était juste
assez intelligente pour lire ces espèces de livres.
Elle s'en nourrissait. Elle y noyait ce qu'elle avait
de cervelle; cela lui avait donné, tant qu'elle avait

été très-jeune, et même un peu plus tard, une sorte
d'attitude pensive près de son mari, coquin d'une
certaine profondeur, ruffian lettré à la grammaire
près, grossier et fin en même temps, mais, en fait
de sentimentalisme, lisant Pigault-Lebrun, et pour
« tout ce qui touche le sexe, » comme il disait
dans son jargon, butor correct et sans mélange.
Sa femme avait quelque douze ou quinze ans de
moins que lui. Plus tard, quand les cheveux roma-
nesquement pleureurs commencèrent à grisonner,
quand la Mégère se dégagea de la Paméla, la
Thénardier ne fut plus qu'une grosse méchante
femme ayant savouré des romans bêtes. Or on ne lit
pas impunément des niaiseries. Il en résulta que sa
fille aînée se nomma Éponine; quant à la cadette,
la pauvre petite faillit se nommer Gulnare; elle dut
à je ne sais quelle heureuse diversion faite par
un roman de Ducray-Duminil, de ne s'appeler
qu'Azelma.

Au reste, pour le dire en passant, tout n'est pas
ridicule et superficiel dans cette curieuse époque
à laquelle nous faisons ici allusion, et qu'on pourrait appeler l'anarchie des noms de baptême. A
côté de l'élément romanesque, que nous venons

d'indiquer, il y a le symptôme social. Il n'est pas
rare aujourd'hui que le garçon bouvier se nomme
Arthur, Alfred ou Alphonse, et que le vicomte —
s'il y a encore des vicomtes — se nomme Thomas,
Pierre ou Jacques. Ce déplacement qui met le nom
« élégant » sur le plébéien et le nom campagnard
sur l'aristocrate, n'est autre chose qu'un remous
d'égalité. L'irrésistible pénétration du souffle nouveau est là comme en tout. Sous cette discordance
apparente, il y a une chose grande et profonde, la
Révolution française.

III

L'ALOUETTE

Il ne suffit pas d'être méchant pour prospérer.
La gargote allait mal.

Grâce aux cinquante-sept francs de la voyageuse, Thénardier avait pu éviter un protêt et faire
honneur à sa signature. Le mois suivant ils eurent
encore besoin d'argent ; la femme porta à Paris et
engagea au mont-de-piété le trousseau de Cosette
pour une somme de soixante francs. Dès que

cette somme fut dépensée, les Thénardier s'accoutumèrent à ne plus voir dans la petite fille qu'un enfant qu'ils avaient chez eux par charité, et la traitèrent en conséquence. Comme elle n'avait plus de trousseau, on l'habilla des vieilles jupes et des vieilles chemises des petites Thénardier, c'est à dire de haillons. On la nourrit des restes de tout le monde, un peu mieux que le chien, et un peu plus mal que le chat. Le chat et le chien étaient du reste ses commensaux habituels ; Cosette mangeait avec eux sous la table dans une écuelle de bois pareille à la leur.

La mère qui s'était fixée, comme on le verra plus tard, à M. — sur M. —, écrivait, ou pour mieux dire, faisait écrire tous les mois afin d'avoir des nouvelles de son enfant. Les Thénardier répondaient invariablement : Cosette est à merveille.

Les six premiers mois révolus, la mère envoya sept francs pour le septième mois, et continua assez exactement ses envois de mois en mois. L'année n'était pas finie que le Thénardier dit : — Une belle grâce qu'elle nous fait là ! que veut-elle que nous fassions avec ses sept francs ! — et il écrivit pour exiger douze francs. La mère, à laquelle ils persuadaient que son enfant était heureuse « et venait bien, » se soumit et envoya les douze francs.

Certaines natures ne peuvent aimer d'un côté sans haïr de l'autre. La mère Thénardier aimait passionnément ses deux filles à elle, ce qui fit qu'elle détesta l'étrangère. Il est triste de songer que l'amour d'une mère peut avoir de vilains aspects. Si peu de place que Cosette tînt chez elle, il lui semblait que cela était pris aux siens, et que cette petite diminuait l'air que ses filles respiraient. Cette femme, comme beaucoup de femmes de sa sorte, avait une somme de caresses et une somme de coups et d'injures à dépenser chaque jour. Si elle n'avait pas eu Cosette, il est certain que ses filles, tout idolâtrées qu'elles étaient, auraient tout reçu; mais l'étrangère leur rendit le service de détourner les coups sur elle. Ses filles n'eurent que les caresses. Cosette ne faisait pas un mouvement qui ne fît pleuvoir sur sa tête une grêle de châtiments violents et immérités. Doux être faible qui ne devait rien comprendre à ce monde ni à Dieu, sans cesse punie, grondée, rudoyée, battue et

voyant à côté d'elle deux petites créatures comme
elle, qui vivaient dans un rayon d'aurore!

La Thénardier était méchante pour Cosette,
Éponine et Azelma furent méchantes. Les enfants,
à cet âge, ne sont que des exemplaires de la mère.
Le format est plus petit, voilà tout.

Une année s'écoula, puis une autre.

On disait dans le village :

— Ces Thénardier sont de braves gens. Ils ne
sont pas riches, et ils élèvent un pauvre enfant
qu'on leur a abandonné chez eux!

On croyait Cosette oubliée par sa mère.

Cependant le Thénardier, ayant appris par on
ne sait quelles voies obscures que l'enfant était
probablement bâtard et que la mère ne pouvait
l'avouer, exigea quinze francs par mois, disant
que « la créature » grandissait et « *mangeait,* »
et menaçant de la renvoyer. « Qu'elle ne m'embête
« pas! s'écriait-il, je lui bombarde son mioche
« tout au milieu de ses cachoteries. Il me faut de
« l'augmentation.» La mère paya les quinze francs.

D'année en année, l'enfant grandit, et sa misère
aussi.

Tant que Cosette fut toute petite, elle fut le

souffre-douleur des deux autres enfants ; dès qu'elle
se mit à se développer un peu, c'est-à-dire avant
même qu'elle eût cinq ans, elle devint la servante
de la maison.

Cinq ans, dira-t-on, c'est invraisemblable.
Hélas, c'est vrai. La souffrance sociale commence
à tout âge. N'avons-nous pas vu, récemment, le
procès d'un nommé Dumollard, orphelin devenu
bandit, qui, dès l'âge de cinq ans, disent les docu-
ments officiels, étant seul au monde « travaillait
« pour vivre, et volait. »

On fit faire à Cosette les commissions, balayer
les chambres, la cour, la rue, laver la vaisselle,
porter même des fardeaux. Les Thénardier se
crurent d'autant plus autorisés à agir ainsi que la
mère qui était toujours à M. — sur M. — commença à mal payer. Quelques mois restèrent en
souffrance.

Si cette mère fût revenue à Montfermeil au bout
de ces trois années, elle n'eût point reconnu son
enfant. Cosette, si jolie et si fraîche à son arrivée
dans cette maison, était maintenant maigre et
blême. Elle avait je ne sais quelle allure inquiète.
Sournoise ! disaient les Thénardier.

L'injustice l'avait faite hargneuse et la misère l'avait rendue laide. Il ne lui restait plus que ses beaux yeux qui faisaient peine, parce que, grands comme ils étaient, il semblait qu'on y vît une plus grande quantité de tristesse.

C'était une chose navrante de voir l'hiver ce pauvre enfant, qui n'avait pas encore six ans, grelottant sous de vieilles loques de toile trouées, balayer la rue avant le jour avec un énorme balai dans ses petites mains rouges et une larme dans ses grands yeux.

Dans le pays on l'appelait l'Alouette. Le peuple, qui aime les figures, s'était plu à nommer de ce nom ce petit être pas plus gros qu'un oiseau, tremblant, effarouché et frissonnant, éveillé le premier chaque matin dans la maison et dans le village, toujours dans la rue ou dans les champs avant l'aube.

Seulement la pauvre alouette ne chantait jamais.

LIVRE CINQUIÈME

LA DESCENTE

I

HISTOIRE D'UN PROGRÈS DANS LES VERROTERIES
NOIRES

Cette mère cependant qui, au dire des gens de Montfermeil, semblait avoir abandonné son enfant, que devenait-elle? où était-elle? que faisait-elle?

Après avoir laissé sa petite Cosette aux Thénardier, elle avait continué son chemin et était arrivée à M.— sur M.—.

C'était, on se le rappelle, en 1818.

Fantine avait quitté sa province depuis une
dizaine d'années. M. — sur M. — avait changé
d'aspect. Tandis que Fantine descendait lentement de misère en misère, sa ville natale avait
prospéré.

Depuis deux ans environ, il s'y était accompli
un de ces faits industriels qui sont les grands événements des petits pays.

Ce détail importe, et nous croyons utile de le
développer; nous dirions presque, de le souligner.

De temps immémorial, M. — sur M. — avait
pour industrie spéciale l'imitation des jais anglais
et des verroteries noires d'Allemagne. Cette industrie avait toujours végété, à cause de la cherté des
matières premières qui réagissait sur la main-
d'œuvre. Au moment où Fantine revint à M. — sur
M. —, une transformation inouïe s'était opérée
dans cette production des « articles noirs. » Vers
la fin de 1815, un homme, un inconnu, était venu
s'établir dans la ville et avait eu l'idée de substi-
tuer, dans cette fabrication, la gomme laque à la
résine et, pour les bracelets en particulier, les coulants en tôle simplement rapprochée aux coulants
en tôle soudée.

Ce tout petit changement avait été une révolution.

Ce tout petit changement en effet avait prodi-
gieusement réduit le prix de la matière première,
ce qui avait permis, premièrement d'élever le prix
de la main-d'œuvre, bienfait pour le pays, deuxièmement d'améliorer la fabrication, avantage pour
le consommateur, troisièmement de vendre à meil-
leur marché tout en triplant le bénéfice, profit pour
le manufacturier.

Ainsi pour une idée trois résultats.

En moins de trois ans, l'auteur de ce procédé
était devenu riche, ce qui est bien, et avait
tout fait riche autour de lui, ce qui est mieux. Il
était étranger au département. De son origine, on
ne savait rien; de ses commencements, peu de
chose.

On contait qu'il était venu dans la ville avec fort
peu d'argent, quelques centaines de francs tout au
plus.

C'est de ce mince capital, mis au service d'une
idée ingénieuse, fécondé par l'ordre et par la pensée, qu'il avait tiré sa fortune et la fortune de tout
ce pays.

A son arrivée à M. — sur M. —, il n'avait que
les vêtements, la tournure et le langage d'un ouvrier.

Il paraît que, le jour même où il faisait obscuré-
ment son entrée dans la petite ville de M. — sur
M. —, à la tombée d'un soir de décembre, le sac
au dos et le bâton d'épine à la main, un gros in-
cendie venait d'éclater à la maison commune. Cet
homme s'était jeté dans le feu, et avait sauvé, au
péril de sa vie, deux enfants qui se trouvaient être
ceux du capitaine de gendarmerie ; ce qui fait qu'on
n'avait pas songé à lui demander son passe-port.
Depuis lors, on avait su son nom. Il s'appelait *le
père Madeleine.*

MADELEINE

C'était un homme d'environ cinquante ans, qui avait l'air préoccupé et qui était bon. Voilà tout ce qu'on en pouvait dire.

Grâce aux progrès rapides de cette industrie qu'il avait si admirablement remaniée, M. — sur M. — était devenu un centre d'affaires considérable. L'Espagne, qui consomme beaucoup de jais noir, y commandait chaque année des achats im-

menses. M. — sur M. — , pour ce commerce,
faisait presque concurrence à Londres et à Berlin.
Les bénéfices du père Madeleine étaient tels que,
dès la deuxième année, il avait pu bâtir une grande
fabrique dans laquelle il y avait deux vastes ateliers, l'un pour les hommes, l'autre pour les
femmes. Quiconque avait faim pouvait s'y présenter, et était sûr de trouver là de l'emploi et du
pain. Le père Madeleine demandait aux hommes
de la bonne volonté, aux femmes des mœurs
pures, à tous de la probité. Il avait divisé les ateliers, afin de séparer les sexes et que les filles et
les femmes pussent rester sages. Sur ce point, il
était inflexible. C'était le seul où il fût en quelque
sorte intolérant. Il était d'autant plus fondé à cette
sévérité que, M. — sur M. — étant une ville de
garnison, les occasions de corruption abondaient.
Du reste sa venue avait été un bienfait, et sa présence était une providence. Avant l'arrivée du père
Madeleine, tout languissait dans le pays; maintenant tout y vivait de la vie saine du travail. Une
forte circulation échauffait tout et pénétrait partout.
Le chômage et la misère étaient inconnus. Il n'y
avait pas de poche si obscure où il n'y eût un peu

d'argent, pas de logis si pauvre où il n'y eût un peu
de joie.

Le père Madeleine employait tout le monde. Il
n'exigeait qu'une chose : Soyez honnête homme !
Soyez honnête fille !

Comme nous l'avons dit, au milieu de cette
activité dont il était la cause et le pivot, le père
Madeleine faisait sa fortune, mais, chose assez
singulière dans un simple homme de commerce,
il ne paraissait point que ce fût là son principal
souci. Il semblait qu'il songeât beaucoup aux autres
et peu à lui. En 1820, on lui connaissait une
somme de six cent trente mille francs placée à son
nom chez Laffitte ; mais avant de se réserver ces
six cent trente mille francs, il avait dépensé plus
d'un million pour la ville et pour les pauvres.

L'hôpital était mal doté ; il y avait fondé dix lits.
M. — sur M. — est divisé en ville haute et ville
basse. La ville basse qu'il habitait n'avait qu'une
école, méchante masure qui tombait en ruine ; il en
avait construit deux, une pour les filles, l'autre
pour les garçons. Il allouait de ses deniers aux
deux instituteurs une indemnité double de leur maigre traitement officiel, et un jour, à quelqu'un qui

s'en étonnait, il dit : « Les deux premiers fonction-
« naires de l'État, c'est la nourrice et le maître
« d'école. » Il avait créé à ses frais une salle d'asile,
chose alors presque inconnue en France, et une
caisse de secours pour les ouvriers vieux et infirmes.
Sa manufacture étant un centre, un nouveau quartier où il y avait bon nombre de familles indigentes
avait rapidement surgi autour de lui ; il y avait
établi une pharmacie gratuite.

Dans les premiers temps, quand on le vit commencer, les bonnes âmes dirent : C'est un gail-
lard qui veut s'enrichir. Quand on le vit enrichir
le pays avant de s'enrichir lui-même, les mêmes
bonnes âmes dirent : C'est un ambitieux. Cela
semblait d'autant plus probable que cet homme
était religieux, et même pratiquait dans une certaine mesure, chose fort bien vue à cette époque.
Il allait régulièrement entendre une basse messe
tous les dimanches. Le député local, qui flairait
partout des concurrences, ne tarda pas à s'inquiéter
de cette religion. Ce député, qui avait été membre
du corps législatif de l'empire, partageait les idées
religieuses d'un père de l'Oratoire connu sous le
nom de Fouché, duc d'Otrante, dont il avait été la

créature et l'ami. A huis clos il riait de Dieu doucement. Mais quand il vit le riche manufacturier
Madeleine aller à la basse messe de sept heures,
il entrevit un candidat possible, et résolut de le dé-
passer; il prit un confesseur jésuite et alla à la
grand'messe et à vêpres. L'ambition en ce temps-
là était, dans l'acception directe du mot, une course
au clocher. Les pauvres profitèrent de cette terreur comme le bon Dieu, car l'honorable député
fonda aussi deux lits à l'hôpital ; ce qui fit
douze.

Cependant en 1819 le bruit se répandit un matin dans la ville que, sur la présentation de M. le
préfet et en considération des services rendus au
pays, le père Madeleine allait être nommé par le
roi maire de M. — sur M. —. Ceux qui avaient
déclaré ce nouveau venu « un ambitieux, » saisirent avec transport cette occasion que tous les
hommes souhaitent, de s'écrier : Là! qu'est-ce
que nous avions dit? Tout M. — sur M. — fut en
rumeur. Le bruit était fondé. Quelques jours après,
la nomination parut dans *le Moniteur*. Le lendemain, le père Madeleine refusa.

Dans cette même année 1819, les produits du

nouveau procédé inventé par Madeleine figurèrent
à l'exposition de l'industrie ; sur le rapport du
jury, le roi nomma l'inventeur chevalier de la lé-
gion d'honneur. Nouvelle rumeur dans la petite
ville. Eh bien ! c'est la croix qu'il voulait ! Le père
Madeleine refusa la croix.

Décidément cet homme était une énigme. Les
bonnes âmes se tirèrent d'affaire en disant : Après
tout, c'est une espèce d'aventurier.

On l'a vu, le pays lui devait beaucoup, les pauvres lui devaient tout ; il était si utile qu'il avait
bien fallu qu'on finît par l'honorer, et il était si
doux qu'il avait bien fallu qu'on finît par l'aimer ;
ses ouvriers en particulier l'adoraient, et il portait
cette adoration avec une sorte de gravité mélanco-
lique. Quand il fut constaté riche, « les personnes
de la société » le saluèrent, et on l'appela dans la
ville : monsieur Madeleine ; — ses ouvriers et les
enfants continuèrent de l'appeler *le père Madeleine,*
et c'était la chose qui le faisait le mieux sourire. À
mesure qu'il montait, les invitations pleuvaient sur
lui. « La société » le réclamait. Les petits salons
guindés de M. — sur M. — qui, bien entendu, se
fussent dans les premiers temps fermés à l'artisan,

s'ouvrirent à deux battants au millionnaire. On lui
fit mille avances. Il refusa.

Cette fois encore les bonnes âmes ne furent
point empêchées. — C'est un homme ignorant et
de basse éducation. On ne sait d'où cela sort. Il
ne saurait pas se tenir dans le monde. Il n'est pas
du tout prouvé qu'il sache lire.

Quand on l'avait vu gagner de l'argent, on avait
dit : c'est un marchand. Quand on l'avait vu semer
son argent, on avait dit : c'est un ambitieux. Quand
on l'avait vu repousser les honneurs, on avait dit :
c'est un aventurier. Quand on le vit repousser le
monde, on dit : c'est une brute.

En 1820, cinq ans après son arrivée à M.— sur
M. —, les services qu'il avait rendus au pays
étaient si éclatants, le vœu de toute la contrée fut
tellement unanime, que le roi le nomma de nouveau maire de la ville. Il refusa encore, mais le
préfet résista à son refus, tous les notables vinrent
le prier, le peuple en pleine rue le suppliait, l'in-
sistance fut si vive qu'il finit par accepter. On remarqua que ce qui parut surtout le déterminer, ce
fut l'apostrophe presque irritée d'une vieille femme
du peuple qui lui cria du seuil de sa porte avec

humeur : *Un bon maire, c'est utile. Est-ce qu'on recule devant du bien qu'on peut faire ?*

Ce fut là la troisième phase de son ascension. Le père Madeleine était devenu monsieur Madeleine, monsieur Madeleine devint monsieur le maire.

III

SOMMES DÉPOSÉES CHEZ LAFFITTE

Du reste, il était demeuré aussi simple que le premier jour. Il avait les cheveux gris, l'œil sé-rieux, le teint hâlé d'un ouvrier, le visage pensif d'un philosophe. Il portait habituellement un cha-peau à bords larges et une longue redingote de gros drap, boutonnée jusqu'au menton. Il rem-plissait ses fonctions de maire, mais hors de là, il vivait solitaire. Il parlait à peu de monde. Il se dé-

robait aux politesses, saluait de côté, s'esquivait
vite, souriait pour se dispenser de causer, donnait
pour se dispenser de sourire. Les femmes disaient
de lui : Quel bon ours! Son plaisir était de se promener dans les champs.

Il prenait ses repas toujours seul, avec un livre
ouvert devant lui où il lisait. Il avait une petite bi-
bliothèque bien faite. Il aimait les livres; les livres
sont des amis froids et sûrs. A mesure que le loisir lui venait avec la fortune, il semblait qu'il en
profitât pour cultiver son esprit. Depuis qu'il était
à M. — sur M. —, on remarquait que d'année en
année son langage devenait plus poli, plus choisi
et plus doux.

Il emportait volontiers un fusil dans ses prome-
nades, mais il s'en servait rarement. Quand cela
lui arrivait par aventure, il avait un tir infaillible
qui effrayait. Jamais il ne tuait un animal inoffen-
sif. Jamais il ne tirait un petit oiseau.

Quoiqu'il ne fût plus jeune, on contait qu'il était
d'une force prodigieuse. Il offrait un coup de main
à qui en avait besoin, relevait un cheval, poussait
à une roue embourbée, arrêtait par les cornes un
taureau échappé. Il avait toujours ses poches

pleines de monnaie en sortant et vides en rentrant.
Quand il passait dans un village, les marmots dé-
guenillés couraient joyeusement après lui et l'en-
touraient comme une nuée de moucherons.

On croyait deviner qu'il avait dû vivre jadis
de la vie des champs, car il avait toutes sortes de
secrets utiles qu'il enseignait aux paysans. Il leur
apprenait à détruire la teigne des blés en asper-
geant le grenier et en inondant les fentes du plancher d'une dissolution de sel commun, et à chasser
les charançons en suspendant partout, aux murs
et aux toits, dans les herbages et dans les maisons,
de l'orviot en fleur. Il avait des « recettes » pour
extirper d'un champ la luzette, la nielle, la vesce,
la gaverolle, la queue-de-renard, toutes les herbes
parasites qui mangent le blé. Il défendait une la-
pinière contre les rats rien qu'avec l'odeur d'un
petit cochon de Barbarie qu'il y mettait.

Un jour il voyait des gens du pays très-occupés
à arracher des orties ; il regarda ce tas de plantes
déracinées et déjà desséchées, et dit : — C'est
mort. Cela serait pourtant bon si l'on savait s'en
servir. Quand l'ortie est jeune, la feuille est un
légume excellent ; quand elle vieillit, elle a des

filaments et des fibres comme le chanvre et le lin. La toile d'ortie vaut la toile de chanvre. Hachée, l'ortie est bonne pour la volaille ; broyée, elle est bonne pour les bêtes à cornes. La graine de l'ortie mêlée au fourrage donne du luisant au poil des animaux ; la racine mêlée au sel produit une belle couleur jaune. C'est du reste un excellent foin qu'on peut faucher deux fois. Et que faut-il à l'ortie ? Peu de terre, nul soin, nulle culture. Seulement la graine tombe à mesure qu'elle mûrit, et est difficile à récolter. Voilà tout. Avec quelque peine qu'on prendrait, l'ortie serait utile ; on la néglige, elle devient nuisible. Alors on la tue. Que d'hommes ressemblent à l'ortie ! — Il ajouta après un silence : Mes amis, retenez ceci, il n'y a ni mauvaises herbes ni mauvais hommes. Il n'y a que de mauvais cultivateurs.

Les enfants l'aimaient encore, parce qu'il savait faire de charmants petits ouvrages avec de la paille et des noix de coco.

Quand il voyait la porte d'une église tendue de noir, il entrait ; il recherchait un enterrement comme d'autres recherchent un baptême. Le veuvage et le malheur d'autrui l'attiraient à cause de sa grande douceur ; il se mêlait aux amis en deuil, aux familles vêtues de noir, aux prêtres gémissant autour d'un cercueil. Il semblait donner volontiers pour texte à ses pensées ces psalmodies funèbres pleines de la vision d'un autre monde. L'œil au ciel, il écoutait, avec une sorte d'aspiration vers tous les mystères de l'infini, ces voix tristes qui chantent sur le bord de l'abîme obscur de la mort.

Il faisait une foule de bonnes actions, en se cachant comme on se cache pour les mauvaises. Il pénétrait à la dérobée, le soir, dans les maisons ; il montait furtivement des escaliers. Un pauvre diable, en rentrant dans son galetas, trouvait que sa porte avait été ouverte, quelquefois même forcée, dans son absence. Le pauvre homme se récriait : quelque malfaiteur est venu ! Il entrait, et la première chose qu'il voyait, c'était une pièce d'or oubliée sur un meuble. « Le malfaiteur » qui était venu, c'était le père Madeleine.

Il était affable et triste. Le peuple disait : Voilà un homme riche qui n'a pas l'air fier. Voilà un homme heureux qui n'a pas l'air content.

Quelques-uns prétendaient que c'était un personnage mystérieux et affirmaient qu'on n'entrait

jamais dans sa chambre, laquelle était une vraie
cellule d'anachorète meublée de sabliers ailés et
enjolivée de tibias en croix et de têtes de mort.
Cela se disait beaucoup, si bien que quelques
jeunes femmes élégantes et malignes de M. — sur
M. — vinrent chez lui un jour, et lui demandèrent :
— Monsieur le maire, montrez-nous donc votre
chambre. On dit que c'est une grotte. — Il sourit,
et les introduisit sur-le-champ dans cette « grotte. »
Elles furent bien punies de leur curiosité. C'était
une chambre garnie tout bonnement de meubles
d'acajou assez laids comme tous les meubles de ce
genre et tapissée de papier à douze sous. Elles
n'y purent rien remarquer que deux flambeaux de
forme vieillie qui étaient sur la cheminée et qui
avaient l'air d'être en argent, « car ils étaient
contrôlés. » Observation pleine de l'esprit des petites villes.

On n'en continua pas moins de dire que personne
ne pénétrait dans cette chambre et que c'était une
caverne d'ermite, un rêvoir, un trou, un tombeau.

On se chuchotait aussi qu'il avait des sommes
« immenses » déposées chez Laffitte, avec cette
particularité qu'elles étaient toujours à sa dispo-

sition immédiate, de telle sorte, ajoutait-on, que
M. Madeleine pourrait arriver un matin chez Laffitte, signer un reçu et emporter ses deux ou trois
millions en dix minutes. Dans la réalité ces « deux
ou trois millions » se réduisaient, nous l'avons dit,
à six cent trente ou quarante mille francs.

IV

M. MADELEINE EN DEUIL

Au commencement de 1821, les journaux annon-
cèrent la mort de M. Myriel, évêque de D. —,
« surnommé *monseigneur Bienvenu,* » et trépassé
en odeur de sainteté à l'âge de quatre-vingt-deux
ans.

L'évêque de D. —, pour ajouter ici un détail
que les journaux omirent, était, quand il mourut,

depuis plusieurs années aveugle, et content d'être
aveugle, sa sœur étant près de lui.

Disons-le en passant, être aveugle et être aimé,
c'est en effet, sur cette terre où rien n'est complet,
une des formes les plus étrangement exquises du
bonheur. Avoir continuellement à ses côtés une
femme, une fille, une sœur, un être charmant,
qui est là parce que vous avez besoin d'elle et
parce qu'elle ne peut se passer de vous, se savoir
indispensable à qui nous est nécessaire, pouvôir
incessamment mesurer son affection à la quantité
de présence qu'elle nous donne, et se dire : puisqu'elle me consacre tout son temps, c'est que j'ai
tout son cœur ; voir la pensée à défaut de la figure,
constater la fidélité d'un être dans l'éclipse du
monde, percevoir le frôlement d'une robe comme un
bruit d'ailes, l'entendre aller et venir, sortir, rentrer, parler, chanter, et songer qu'on est le centre
de ces pas, de cette parole, de ce chant ; manifester
à chaque minute sa propre attraction, se sentir d'autant plus puissant qu'on est plus infirme, devenir
dans l'obscurité, et par l'obscurité, l'astre autour
duquel gravite cet ange, peu de félicités égalent
celle-là. Le suprême bonheur de la vie, c'est la

conviction qu'on est aimé; aimé pour soi-même,
disons mieux, aimé malgré soi-même; cette conviction, l'aveugle l'a. Dans cette détresse, être servi,
c'est être caressé. Lui manque-t-il quelque chose?
Non. Ce n'est point perdre la lumière qu'avoir
l'amour. Et quel amour! un amour entièrement
fait de vertu. Il n'y a point de cécité où il y a certitude. L'âme à tâtons cherche l'âme, et la trouve.
Et cette âme trouvée et prouvée est une femme.
Une main vous soutient, c'est la sienne; une bouche effleure votre front, c'est sa bouche; vous en-
tendez une respiration tout près de vous, c'est
elle. Tout avoir d'elle, depuis son culte jusqu'à
sa pitié, n'être jamais quitté, avoir cette douce
faiblesse qui vous secourt, s'appuyer sur ce roseau
inébranlable, toucher de ses mains la Providence
et pouvoir la prendre dans ses bras; Dieu palpable,
quel ravissement! Le cœur, cette céleste fleur
obscure, entre dans un épanouissement mystérieux.
On ne donnerait pas cette ombre pour toute la
clarté! L'âme ange est là, sans cesse là; si elle
s'éloigne, c'est pour revenir; elle s'efface comme le
rêve et reparaît comme la réalité. On sent de la chaleur qui approche, la voilà. On déborde de séré-

nité, de gaîté et d'extase ; on est un rayonnement
dans la nuit. Et mille petits soins. Des riens qui
sont énormes dans ce vide. Les plus ineffables accents de la voix féminine employés à vous bercer,
et suppléant pour vous à l'univers évanoui. On est
caressé avec de l'âme. On ne voit rien, mais on se
sent adoré. C'est un paradis de ténèbres.

C'est de ce paradis que monseigneur Bienvenu
était passé à l'autre.

L'annonce de sa mort fut reproduite par le journal local de M. — sur M. —. Monsieur Madeleine
parut le lendemain tout en noir avec un crêpe à son
chapeau.

On remarqua dans la ville ce deuil, et l'on jasa.
Cela parut une lueur sur l'origine de M. Madeleine.
On en conclut qu'il avait quelque alliance avec le
vénérable évêque. *Il drape pour l'évêque de D. —*,
dirent les salons; cela rehaussa fort M. Madeleine,
et lui donna subitement et d'emblée une certaine considération dans le monde noble de M. — sur M. —.
Le microscopique faubourg Saint-Germain de l'endroit songea à faire cesser la quarantaine de M. Madeleine, parent probable d'un évêque. M. Madeleine
s'aperçut de l'avancement qu'il obtenait à plus de

révérences des vieilles femmes et à plus de sou-
rires des jeunes. Un soir, une doyenne de ce petit
grand monde-là, curieuse par droit d'ancienneté,
se hasarda à lui demander : — Monsieur le maire
est sans doute cousin du feu évêque de D. — ?

Il dit : — Non, madame.

— Mais, reprit la douairière, vous en portez le
deuil?

Il répondit : — C'est que dans ma jeunesse j'ai
été laquais dans sa famille.

Une remarque qu'on faisait encore, c'est que,
chaque fois qu'il passait dans la ville un jeune
Savoyard courant le pays et cherchant des cheminées à ramoner, M. le maire le faisait appeler, lui
demandait son nom, et lui donnait de l'argent. Les
petits Savoyards se le disaient, et il en passait
beaucoup.

V

VAGUES ÉCLAIRS A L'HORIZON

Peu à peu, et avec le temps, toutes les opposi-
tions étaient tombées. Il y avait eu d'abord contre
M. Madeleine, sorte de loi que subissent toujours
ceux qui s'élèvent, des noirceurs et des calomnies,
puis ce ne fut plus que des méchancetés, puis ce
ne fut plus que des malices, puis cela s'évanouit
tout à fait ; le respect devint complet, unanime,
cordial, et il arriva un moment, vers 1821, où ce

mot : monsieur le maire, fut prononcé à M. — sur
M. — presque du même accent que ce mot : monseigneur l'évêque, était prononcé à D. — en 1815.
On venait de dix lieues à la ronde consulter M. Madeleine. Il terminait les différends, il empêchait les
procès, il réconciliait les ennemis. Chacun le prenait pour juge de son bon droit. Il semblait qu'il
eût pour âme le livre de la loi naturelle. Ce fut
comme une contagion de vénération qui, en six ou
sept ans et de proche en proche, gagna tout le
pays.

Un seul homme, dans la ville et dans l'arrondissement, se déroba absolument à cette contagion, et, quoi que fît le père Madeleine, y demeura
rebelle, comme si une sorte d'instinct, incorruptible et imperturbable, l'éveillait et l'inquiétait. Il
semblerait en effet qu'il existe dans certains hommes
un véritable instinct bestial, pur et intègre comme
tout instinct, qui crée les antipathies et les sympa-
thies, qui sépare fatalement une nature d'une autre
nature, qui n'hésite pas, qui ne se trouble, ne se
tait et ne se dément jamais, clair dans son obscurité, infaillible, impérieux, réfractaire à tous les
conseils de l'intelligence et à tous les dissolvants

de la raison, et qui, de quelque façon que les destinées soient faites, avertit secrètement l'homme-
chien de la présence de l'homme-chat, et l'homme-
renard de la présence de l'homme-lion.

Souvent, quand M. Madeleine passait dans une
rue, calme, affectueux, entouré des bénédictions
de tous, il arrivait qu'un homme de haute taille
vêtu d'une redingote gris de fer, armé d'une
grosse canne et coiffé d'un chapeau rabattu, se
retournait brusquement derrière lui, et le suivait
des yeux jusqu'à ce qu'il eût disparu, croisant les
bras, secouant lentement la tête, et haussant sa
lèvre supérieure avec sa lèvre inférieure jusqu'à
son nez, sorte de grimace significative qui pourrait se traduire par : — Mais qu'est-ce que c'est
que cet homme-là? — Pour sûr je l'ai vu quelque
part. — En tout cas, je ne suis toujours pas sa
dupe.

Ce personnage, grave d'une gravité presque me-
naçante, était de ceux qui, même rapidement en-
trevus, préoccupent l'observateur.

Il se nommait Javert, et il était de la police.

Il remplissait à M. — sur M. — les fonctions pé-
nibles, mais utiles, d'inspecteur. Il n'avait pas vu

les commencements de Madeleine. Javert devait le poste qu'il occupait à la protection de M. Chabouillet, le secrétaire du ministre d'État comte Anglès, alors préfet de police à Paris. Quand Javert était arrivé à M. — sur M. —, la fortune du grand manufacturier était déjà faite, et le père Madeleine était devenu monsieur Madeleine.

Certains officiers de police ont une physionomie à part et qui se complique d'un air de bassesse mêlé à un air d'autorité. Javert avait cette physionomie, moins la bassesse.

Dans notre conviction, si les âmes étaient visibles aux yeux, on verrait distinctement cette chose étrange que chacun des individus de l'espèce humaine correspond à quelqu'une des espèces de la création animale ; et l'on pourrait reconnaître aisément cette vérité à peine entrevue par le penseur, que, depuis l'huître jusqu'à l'aigle, depuis le porc jusqu'au tigre, tous les animaux sont dans l'homme et que chacun d'eux est dans un homme. Quelquefois même plusieurs d'entre eux à la fois.

Les animaux ne sont autre chose que les figures de nos vertus et de nos vices, errantes devant nos yeux, les fantômes visibles de nos âmes. Dieu nous

les montre pour nous faire réfléchir. Seulement
comme les animaux ne sont que des ombres, Dieu
ne les a point faits éducables dans le sens complet
du mot; à quoi bon? au contraire, nos âmes étant
des réalités et ayant une fin qui leur est propre,
Dieu leur a donné l'intelligence, c'est-à-dire l'éducation possible. L'éducation sociale bien faite peut
toujours tirer d'une âme, quelle qu'elle soit,
l'utilité qu'elle contient.

Ceci soit dit, bien entendu, au point de vue res-
treint de la vie terrestre apparente, et sans préjuger
la question profonde de la personnalité antérieure
ou ultérieure des êtres qui ne sont pas l'homme.
Le moi visible n'autorise en aucune façon le penseur à nier le moi latent. Cette réserve faite, passons.

Maintenant, si l'on admet un moment avec nous
que dans tout homme il y a une des espèces ani-
males de la création, il nous sera facile de dire ce
que c'était que l'officier de paix Javert.

Les paysans asturiens sont convaincus que dans
toute portée de louve il y a un chien, lequel est tué
par la mère, sans quoi en grandissant il dévorerait
les autres petits.

Donnez une face humaine à ce chien fils d'une louve, et ce sera Javert.

Javert était né dans une prison d'une tireuse de cartes dont le mari était aux galères. En grandissant, il pensa qu'il était en dehors de la société et désespéra d'y rentrer jamais. Il remarqua que la société maintient irrémissiblement en dehors d'elle deux classes d'hommes, ceux qui l'attaquent et ceux qui la gardent; il n'avait le choix qu'entre ces deux classes ; en même temps il se sentait je ne sais quel fond de rigidité, de régularité et de probité, compliqué d'une inexprimable haine pour cette race de bohèmes dont il était. Il entra dans la police. Il y réussit. A quarante ans il était inspecteur.

Il avait dans sa jeunesse été employé dans les chiourmes du midi.

Avant d'aller plus loin, entendons-nous sur ce mot face humaine que nous appliquions tout à l'heure à Javert.

La face humaine de Javert consistait en un nez camard, avec deux profondes narines vers lesquelles montaient sur ses deux joues d'énormes favoris. On se sentait mal à l'aise la première fois qu'on voyait ces deux forêts et ces deux cavernes.

Quand Javert riait, ce qui était rare et terrible, ses lèvres minces s'écartaient, et laissaient voir, non-seulement ses dents, mais ses gencives, et il se faisait autour de son nez un plissement épaté et sauvage comme sur un mufle de bête fauve. Javert sérieux était un dogue; lorsqu'il riait, c'était un tigre. Du reste, peu de crâne, beaucoup de mâchoire; les cheveux cachant le front et tombant sur les sourcils, entre les deux yeux un froncement central permanent comme une étoile de colère, le regard obscur, la bouche pincée et redoutable, l'air du commandement féroce.

Cet homme était composé de deux sentiments très-simples et relativement très-bons, mais qu'il faisait presque mauvais à force de les exagérer : le respect de l'autorité, la haine de la rébellion; et à ses yeux le vol, le meurtre, tous les crimes, n'étaient que des formes de la rébellion. Il enveloppait dans une sorte de foi aveugle et profonde tout ce qui a une fonction dans l'État, depuis le premier ministre jusqu'au garde champêtre. Il couvrait de mépris, d'aversion et de dégoût tout ce qui avait franchi une fois le seuil légal du mal. Il était absolu et n'admettait pas d'exceptions.

D'une part il disait : — Le fonctionnaire ne peut se tromper; le magistrat n'a jamais tort. — D'autre part il disait : — Ceux-ci sont irrémédiablement perdus. Rien de bon n'en peut sortir. — Il partageait pleinement l'opinion de ces esprits extrêmes qui attribuent à la loi humaine je ne sais quel pouvoir de faire ou, si l'on veut, de constater des démons, et qui mettent un Styx au bas de la société. Il était stoïque, sérieux, austère; rêveur triste; humble et hautain comme les fanatiques. Son regard était une vrille, cela était froid et cela perçait. Toute sa vie tenait dans ces deux mots : veiller et surveiller. Il avait introduit la ligne droite dans ce qu'il y a de plus tortueux au monde; il avait la conscience de son utilité, la religion de ses fonctions, et il était espion comme on est prêtre. Malheur à qui tombait sous sa main! Il eût arrêté son père s'évadant du bagne et dénoncé sa mère en rupture de ban. Et il l'eût fait avec cette sorte de satisfaction intérieure que donne la vertu. Avec cela une vie de privations, l'isolement, l'abnégation, la chasteté, jamais une distraction. C'était le devoir implacable, la police comprise comme les Spartiates comprenaient Sparte, un guet impi-

toyable, une honnêteté farouche, un mouchard
marmoréen, Brutus dans Vidocq.

Toute la personne de Javert exprimait l'homme
qui épie et qui se dérobe. L'école mystique de
Joseph de Maistre, laquelle à cette époque assai-
sonnait de haute cosmogonie ce qu'on appelait les
journaux ultras, n'eût pas manqué de dire que
Javert était un symbole. On ne voyait pas son front
qui disparaissait sous son chapeau, on ne voyait
pas ses yeux qui se perdaient sous ses sourcils, on
ne voyait pas son menton qui plongeait dans sa
cravate, on ne voyait pas ses mains qui rentraient
dans ses manches, on ne voyait pas sa canne qu'il
portait sous sa redingote. Mais l'occasion venue,
on voyait tout à coup sortir de toute cette ombre,
comme d'une embuscade, un front anguleux et
étroit, un regard funeste, un menton menaçant,
des mains énormes et un gourdin monstrueux.

A ses moments de loisir, qui étaient peu fré-
quents, tout en haïssant les livres, il lisait; ce qui
fait qu'il n'était pas complétement illettré. Cela
se reconnaissait à quelque emphase dans la parole.

Il n'avait aucun vice, nous l'avons dit. Quand

il était content de lui, il s'accordait une prise de tabac. Il tenait à l'humanité par là.

On comprendra sans peine que Javert était l'effroi de toute cette classe que la statistique annuelle du ministère de la justice désigne sous la rubrique : *Gens sans aveu.* Le nom de Javert prononcé les mettait en déroute; la face de Javert apparaissant, les pétrifiait.

Tel était cet homme formidable.

Javert était comme un œil toujours fixé sur M. Madeleine. OEil plein de soupçon et de conjecture. M. Madeleine avait fini par s'en apercevoir, mais il sembla que cela fût insignifiant pour lui. Il ne fit pas même une question à Javert, il ne le cherchait ni ne l'évitait, il portait, sans paraître y faire attention, ce regard gênant et presque pesant. Il traitait Javert comme tout le monde, avec aisance et bonté.

A quelques paroles échappées à Javert, on devinait qu'il avait recherché secrètement, avec cette curiosité qui tient à la race et où il entre autant d'instinct que de volonté, toutes les traces antérieures que le père Madeleine avait pu laisser ailleurs. Il paraissait savoir, et il disait parfois à

mots couverts, que quelqu'un avait pris certaines
informations dans un certain pays sur une certaine
famille disparue. Une fois il lui arriva de dire, se
parlant à lui-même : — Je crois que je le tiens !
— Puis il resta trois jours pensif sans prononcer
une parole. Il paraît que le fil qu'il croyait tenir
s'était rompu.

Du reste, et ceci est le correctif nécessaire à ce
que le sens de certains mots pourrait présenter de
trop absolu, il ne peut y avoir rien de vraiment
infaillible dans une créature humaine, et le propre
de l'instinct est précisément de pouvoir être troublé, dépisté et dérouté. Sans quoi il serait supé-
rieur à l'intelligence, et la bête se trouverait avoir
une meilleure lumière que l'homme.

Javert était évidemment quelque peu décon-
certé par le complet naturel et la tranquillité de
M. Madeleine.

Un jour pourtant son étrange manière parut
faire impression sur M. Madeleine. Voici à quelle
occasion.

VI

LE PERE FAUCHELEVENT

M. Madeleine passait un matin dans une ruelle non pavée de M. — sur M. — ; il entendit du bruit et vit un groupe à quelque distance. Il y alla. Un vieux homme, nommé le père Fauchelevent, venait de tomber sous sa charrette dont le cheval s'était abattu.

Ce Fauchelevent était un des rares ennemis qu'eût encore M. Madeleine à cette époque. Lors-

que Madeleine était arrivé dans le pays, Fauchelevent, ancien tabellion et paysan presque lettré,
avait un commerce qui commençait à aller mal.
Fauchelevent avait vu ce simple ouvrier qui s'en-
richissait, tandis que lui, maître, se ruinait. Cela
l'avait rempli de jalousie, et il avait fait ce qu'il
avait pu en toute occasion pour nuire à Madeleine.
Puis la faillite était venue, et, vieux, n'ayant plus à
lui qu'une charrette et un cheval, sans famille et
sans enfants du reste, pour vivre il s'était fait charretier.

Le cheval avait les deux cuisses cassées et ne
pouvait se relever. Le vieillard était engagé entre
les roues. La chute avait été tellement malheureuse que toute la voiture pesait sur sa poitrine.
La charrette était assez lourdement chargée. Le
père Fauchelevent poussait des râles lamentables.
On avait essayé de le tirer, mais en vain. Un effort
désordonné, une aide maladroite, une secousse à
faux pouvaient l'achever. Il était impossible de le
dégager autrement qu'en soulevant la voiture par
dessous. Javert, qui était survenu au moment de
l'accident, avait envoyé chercher un cric.

M. Madeleine arriva. On s'écarta avec respect.

— A l'aide ! criait le vieux Fauchelevent. Qui est-ce qui est un bon enfant pour sauver le vieux?

M. Madeleine se tourna vers les assistants :

— A-t-on un cric?

— On en est allé querir un, répondit un paysan.

— Dans combien de temps l'aura-t-on?

— On est allé au plus près, au lieu Flachot. où il y a un maréchal; mais c'est égal, il faudra bien un bon quart d'heure.

— Un quart d'heure ! s'écria Madeleine.

Il avait plu la veille, le sol était détrempé, la charrette s'enfonçait dans la terre à chaque instant et comprimait de plus en plus la poitrine du vieux charretier. Il était évident qu'avant cinq minutes il aurait les côtes brisées.

— Il est impossible d'attendre un quart d'heure, dit Madeleine aux paysans qui regardaient.

— Il faut bien !

— Mais il ne sera plus temps ! Vous ne voyez donc pas que la charrette s'enfonce?

— Dame!

— Écoutez, reprit Madeleine, il y a encore assez de place sous la voiture pour qu'un homme s'y glisse et la soulève avec son dos. Rien qu'une demi-minute, et l'on tirera le pauvre homme. Y a-t-il ici quelqu'un qui ait des reins et du cœur? Cinq louis d'or à gagner !

Personne ne bougea dans le groupe.

— Dix louis, dit Madeleine.

Les assistants baissaient les yeux. Un d'eux murmura : — Il faudrait être diablement fort. Et puis on risque de se faire écraser !

— Allons ! recommença Madeleine, vingt louis! Même silence.

— Ce n'est pas la bonne volonté qui leur manque, dit une voix.

M. Madeleine se retourna, et reconnut Javert. Il ne l'avait pas aperçu en arrivant.

Javert continua :

— C'est ·la force. Il faudrait être un terrible homme pour faire la chose de lever une voiture comme cela sur son dos.

Puis, regardant fixement M. Madeleine, il poursuivit en appuyant sur chacun des mots qu'il prononçait :

— Monsieur Madeleine, je n'ai jamais connu qu'un seul homme capable de faire ce que vous demandez là.

Madeleine tressaillit.

Javert ajouta avec un air d'indifférence, mais sans quitter des yeux Madeleine :

— C'était un forçat.

—-Ah! dit Madeleine.

— Du bagne de Toulon.

Madeleine devint pâle.

Cependant la charrette continuait à s'enfoncer lentement. Le père Fauchelevent râlait et hurlait :

— J'étouffe! Ça me brise les côtes! un cric! quelque chose! ah!

Madeleine regarda autour de lui :

— Il n'y a donc personne qui veuille gagner vingt louis et sauver la vie à ce pauvre vieux?

Aucun des assistants ne remua. Javert reprit :

— Je n'ai jamais connu qu'un homme qui pût remplacer un cric, c'était ce forçat.

— Ah! voilà que ça m'écrase! cria le vieillard.

Madeleine leva la tête, rencontra l'œil de faucon de Javert toujours attaché sur lui, regarda les paysans immobiles, et sourit tristement. Puis, sans dire une parole, il tomba à genoux, et avant même que la foule eût eu le temps de jeter un cri, il était sous la voiture.

Il y eut un affreux moment d'attente et de silence.

On vit Madeleine presque à plat ventre sous ce poids effrayant essayer deux fois en vain de rapprocher ses coudes de ses genoux. On lui cria : — Père Madeleine! retirez-vous de là! — Le vieux Fauchelevent lui-même lui dit : — Monsieur Madeleine! allez-vous-en! C'est qu'il faut que je meure, voyez-vous! laissez-moi! Vous allez vous faire écraser aussi! — Madeleine ne répondit pas.

Les assistants haletaient. Les roues avaient continué de s'enfoncer, et il était déjà devenu presque impossible que Madeleine sortît de dessous la voiture.

Tout à coup on vit l'énorme masse s'ébranler, la charrette se soulevait lentement, les roues sortaient à demi de l'ornière. On entendit une voix étouffée qui criait : dépêchez-vous! aidez! C'était Madeleine qui venait de faire un dernier effort.

Ils se précipitèrent. Le dévouement d'un seul avait donné de la force et du courage à tous. La charrette fut enlevée par vingt bras. Le vieux Fauchelevent était sauvé.

Madeleine se releva. Il était blême, quoique

ruisselant de sueur. Ses habits étaient déchirés et
couverts de boue. Tous pleuraient. Le vieillard lui
baisait les genoux et l'appelait le bon Dieu. Lui, il
avait sur le visage je ne sais quelle expression de
souffrance heureuse et céleste, et il fixait son œil
tranquille sur Javert qui le regardait toujours.

．

VII

FAUCHELEVENT DEVIENT JARDINIER A PARIS

Fauchelevent s'était démis la rotule dans sa
chute. Le père Madeleine le fit transporter dans
une infirmerie qu'il avait établie pour ses ouvriers
dans le bâtiment même de sa fabrique et qui était
desservie par deux sœurs de charité. Le lendemain
matin, le vieillard trouva un billet de mille francs
sur sa table de nuit, avec ce mot de la main du
père Madeleine : *Je vous achète votre charrette et*

votre cheval. La charrette était brisée et le cheval
était mort. Fauchelevent guérit, mais son genou
resta ankylosé. M. Madeleine, par les recomman-
dations des sœurs et de son curé, fit placer le bonhomme comme jardinier dans un couvent de
femmes du quartier Saint-Antoine à Paris.

Quelque temps après, M. Madeleine fut nommé
maire. La première fois que Javert vit M. Madeleine
revêtu de l'écharpe qui lui donnait toute autorité
sur la ville, il éprouva cette sorte de frémissement
qu'éprouverait un dogue qui flairerait un loup sous
les habits de son maître. A partir de ce moment,
il l'évita le plus qu'il put. Quand les besoins du
service l'exigeaient impérieusement et qu'il ne pouvait faire autrement que de se trouver avec M. le
maire, il lui parlait avec un respect profond.

Cette prospérité créée à M.— sur M.— par le
père Madeleine, avait, outre les signes visibles que
nous avons indiqués, un autre symptôme qui, pour
n'être pas visible, n'était pas moins significatif.
Ceci ne trompe jamais. Quand la population souffre,
quand le travail manque, quand le commerce est
nul, le contribuable résiste à l'impôt par pénurie,
épuise et dépasse les délais, et l'État dépense

beaucoup d'argent en frais de contrainte et de rentrée. Quand le travail abonde, quand le pays est heureux et riche, l'impôt se paye aisément et coûte peu à l'État. On peut dire que la misère et la richesse publiques ont un thermomètre infaillible, les frais de perception de l'impôt. En sept ans, les frais de perception de l'impôt s'étaient réduits des trois quarts dans l'arrondissement de M. — sur M.—, ce qui faisait fréquemment citer cet arrondissement entre tous par M. de Villèle, alors ministre des finances.

Telle était la situation du pays, lorsque Fantine y revint. Personne ne se souvenait plus d'elle. Heureusement la porte de la fabrique de M. Madeleine était comme un visage ami. Elle s'y présenta, et fut admise dans l'atelier des femmes. Le métier était tout nouveau pour Fantine, elle n'y pouvait être bien adroite, elle ne tirait donc de sa journée de travail que peu de chose ; mais enfin cela suffisait, le problème était résolu ; elle gagnait sa vie.

VIII

MADAME VICTURNIEN DÉPENSE TRENTE FRANCS POUR LA MORALE

Quand Fantine vit qu'elle vivait, elle eut un moment de joie. Vivre honnêtement de son travail, quelle grâce du ciel! Le goût du travail lui revint vraiment. Elle acheta un miroir, se réjouit d'y regarder sa jeunesse, ses beaux cheveux et ses belles dents, oublia beaucoup de choses, ne songea plus qu'à sa Cosette et à l'avenir possible, et fut presque heureuse. Elle loua une petite chambre et la meubla à crédit sur son travail futur; reste de ses habitudes de désordre.

Ne pouvant pas dire qu'elle était mariée, elle s'était bien gardée, comme nous l'avons déjà fait entrevoir, de parler de sa petite fille.

En ces commencements, on l'a vu, elle payait exactement les Thénardier. Comme elle ne savait que signer, elle était obligée de leur écrire par un écrivain public.

Elle écrivait souvent, cela fut remarqué. On commença à dire tout bas dans l'atelier des femmes que Fantine « écrivait des lettres » et que « elle avait des allures. »

Il n'y a rien de tel pour épier les actions des gens que ceux qu'elles ne regardent pas. — Pourquoi ce monsieur ne vient-il jamais qu'à la brune? pourquoi monsieur un tel n'accroche-t-il jamais sa clef au clou le jeudi? pourquoi prend-il toujours les petites rues? pourquoi madame descend-elle toujours de son fiacre avant d'arriver à la maison? pourquoi envoie-t-elle acheter un cahier de papier à lettres, quand elle en a « plein sa papeterie? » etc., etc. — Il existe des êtres

qui, pour connaître le mot de ces énigmes, lesquelles leur sont du reste parfaitement indifférentes, dépensent plus d'argent, prodiguent plus
de temps, se donnent plus de peine qu'il n'en faudrait pour dix bonnes actions ; et cela gratuitement,
pour le plaisir, sans être payés de la curiosité autrement que par la curiosité. Ils suivront celui-ci
ou celle-là des jours entiers, feront faction des
heures à des coins de rue, sous des portes d'allées,
la nuit, par le froid et par la pluie, corrompront
des commissionnaires, griseront des cochers de
fiacre et des laquais, achèteront une femme de
chambre, feront acquisition d'un portier. Pourquoi? pour rien. Pur acharnement de voir, de savoir et de pénétrer. Pure démangeaison de dire.
Et souvent ces secrets connus, ces mystères pu-
bliés, ces énigmes éclairées du grand jour, en-
traînent des catastrophes, des duels, des faillites,
des familles ruinées, des existences brisées, à la
grande joie de ceux qui ont « tout découvert »
sans intérêt et par pur instinct. Chose triste.

Certaines personnes sont méchantes uniquement
par besoin de parler. Leur conversation, causerie
dans le salon, bavardage dans l'antichambre, est

comme ces cheminées qui usent vite le bois ; il leur
faut beaucoup de combustible ; et le combustible,
c'est le prochain.

On observa donc Fantine.

Avec cela, plus d'une était jalouse de ses cheveux blonds et de ses dents blanches.

On constata que dans l'atelier, au milieu des
autres, elle se détournait souvent pour essuyer
une larme. C'étaient les moments où elle songeait
à son enfant ; peut-être aussi à l'homme qu'elle
avait aimé.

C'est un douloureux labeur que la rupture des
sombres attaches du passé.

On constata qu'elle écrivait, au moins deux fois
par mois, toujours à la même adresse, et qu'elle
affranchissait la lettre. On parvint à se procurer
l'adresse : *Monsieur, Monsieur Thénardier, aubergiste, à Montfermeil.* On fit jaser au cabaret l'écrivain public, vieux bonhomme qui ne pouvait pas
emplir son estomac de vin rouge sans vider sa
poche aux secrets. Bref, on sut que Fantine avait
un enfant. « Ce devait être une espèce de fille. »
Il se trouva une commère qui fit le voyage de
Montfermeil, parla aux Thénardier, et dit à son

retour : Pour mes trente-cinq francs, j'en ai eu le
cœur net. J'ai vu l'enfant !

La commère qui fit cela était une gorgone ap-
pelée madame Victurnien, gardienne et portière
de la vertu de tout le monde. Madame Victurnien
avait cinquante-six ans, et doublait le masque de
la laideur du masque de la vieillesse. Voix chevro-
tante, esprit capricant. Cette vieille femme avait
été jeune, chose étonnante. Dans sa jeunesse, en
plein 93, elle avait épousé un moine échappé du
cloître en bonnet rouge et passé des Bernardins
aux Jacobins. Elle était sèche, rêche, revêche,
pointue, épineuse, presque venimeuse; tout en se
souvenant de son moine dont elle était veuve, et
qui l'avait fort domptée et pliée. C'était une ortie
où l'on voyait le froissement du froc. A la restau-
ration, elle s'était faite bigote, et si énergiquement
que les prêtres lui avaient pardonné son moine.
Elle avait un petit bien qu'elle léguait bruyam-
ment à une communauté religieuse. Elle était fort
bien vue à l'évêché d'Arras. Cette madame Victurnien donc alla à Montfermeil et revint en disant :
J'ai vu l'enfant.

Tout cela prit du temps; Fantine était depuis

plus d'un an à la fabrique, lorsque un matin la
surveillante de l'atelier lui remit, de la part de
M. le maire, cinquante francs en lui disant qu'elle
ne faisait plus partie de l'atelier et en l'engageant,
de la part de M. le maire, à quitter le pays.

C'était précisément dans ce même mois que
les Thénardier, après avoir demandé douze francs
au lieu de six, venaient d'exiger quinze francs au
lieu de douze.

Fantine fut atterrée. Elle ne pouvait s'en aller
du pays, elle devait son loyer et ses meubles.
Cinquante francs ne suffisaient pas pour acquitter
cette dette. Elle balbutia quelques mots suppliants.
La surveillante lui signifia qu'elle eût à sortir sur-
le-champ de l'atelier. Fantine n'était du reste
qu'une ouvrière médiocre. Accablée de honte plus
encore que de désespoir, elle quitta l'atelier et
rentra dans sa chambre. Sa faute était donc maintenant connue de tous !

Elle ne se sentit plus la force de dire un mot.
On lui conseilla de voir M. le maire ; elle n'osa pas.
Le maire lui donnait cinquante francs, parce qu'il
était bon, et la chassait, parce qu'il était juste. Elle
plia sous cet arrêt.

IX

SUCCÈS DE MADAME VICTURNIEN

La veuve du moine fut donc bonne à quelque chose.

Du reste, M. Madeleine n'avait rien su de tout cela. Ce sont là de ces combinaisons d'événements dont la vie est pleine. M. Madeleine avait pour habitude de n'entrer presque jamais dans l'atelier des femmes.

Il avait mis à la tête de cet atelier une vieille

fille, que le curé lui avait donnée, et il avait toute
confiance dans cette surveillante, personne vraiment respectable, ferme, équitable, intègre, rem-
plie de la charité qui consiste à donner, mais
n'ayant pas au même degré la charité qui consiste
à comprendre et à pardonner. M. Madeleine s'en
remettait de tout sur elle. Les meilleurs hommes
sont souvent forcés de déléguer leur autorité. C'est
dans cette pleine puissance et avec la conviction
qu'elle faisait bien, que la surveillante avait instruit
le procès, jugé, condamné et exécuté Fantine.

Quant aux cinquante francs, elle les avait don-
nés sur une somme que M. Madeleine lui confiait
pour aumônes et secours aux ouvrières et dont elle
ne rendait pas compte.

Fantine s'offrit comme servante dans le pays ;
elle alla d'une maison à l'autre. Personne ne voulut
d'elle. Elle n'avait pu quitter la ville. Le marchand fripier auquel elle devait ses meubles, quels
meubles ! lui avait dit : Si vous vous en allez, je
vous fais arrêter comme voleuse. Le propriétaire
auquel elle devait son loyer, lui avait dit : Vous
êtes jeune et jolie, vous pouvez payer. Elle parta-
gea les cinquante francs entre le propriétaire et le

fripier, rendit au marchand les trois quarts de son mobilier, ne garda que le nécessaire, et se trouva sans travail, sans état, n'ayant plus que son lit, et devant encore environ cent francs.

Elle se mit à coudre de grosses chemises pour les soldats de la garnison, et gagnait douze sous par jour. Sa fille lui en coûtait dix. C'est en ce moment qu'elle commença à mal payer les Thénardier.

Cependant une vieille femme qui lui allumait sa chandelle quand elle rentrait le soir, lui enseigna l'art de vivre dans la misère. Derrière vivre de peu, il y a vivre de rien. Ce sont deux chambres; la première est obscure, la seconde est noire.

Fantine apprit comment on se passe tout à fait de feu en hiver, comment on renonce à un oiseau qui vous mange un liard de millet tous les deux jours, comment on fait de son jupon sa couverture et de sa couverture son jupon, comment on ménage sa chandelle en prenant son repas à la lumière de la fenêtre d'en face. On ne sait pas tout ce que certains êtres faibles, qui ont vieilli dans le dénûment et l'honnêteté, savent tirer d'un sou. Cela finit par être un talent. Fantine acquit ce sublime talent et reprit un peu de courage.

A cette époque, elle disait à une voisine : —
Bah ! je me dis : en ne dormant que cinq heures et
en travaillant tout le reste à mes coutures, je par-
viendrai bien toujours à gagner à peu près du pain.
Et puis, quand on est triste, on mange moins.
Eh bien ! des souffrances, des inquiétudes, un peu
de pain d'un côté, des chagrins de l'autre, tout
cela me nourrira.

Dans cette détresse, avoir sa petite fille eût été
un étrange bonheur. Elle songea à la faire venir.
Mais quoi ! lui faire partager son dénûment ! et
puis, elle devait aux Thénardier ! Comment s'acquitter ? et le voyage ! comment le payer ?

La vieille qui lui avait donné ce qu'on pourrait
appeler des leçons de vie indigente, était une
sainte fille nommée Marguerite, dévote de la bonne
dévotion, pauvre, et charitable pour les pauvres
et même pour les riches, sachant tout juste assez
écrire pour signer *Margeritte,* et croyant en Dieu,
ce qui est la science.

Il y a beaucoup de ces vertus-là en bas ; un jour
elles seront en haut. Cette vie a un lendemain.

Dans les premiers temps, Fantine avait été si
honteuse qu'elle n'avait pas osé sortir.

Quand elle était dans la rue, elle devinait qu'on
se retournait derrière elle et qu'on la montrait du
doigt; tout le monde la regardait et personne ne
la saluait; le mépris âcre et froid des passants
lui pénétrait dans la chair et dans l'âme comme
une bise.

Dans les petites villes, il semble qu'une malheureuse soit nue sous le sarcasme et la curiosité
de tous. A Paris, du moins, personne ne vous connaît, et cette obscurité est un vêtement. Oh! comme
elle eût souhaité venir à Paris! impossible.

Il fallut bien s'accoutumer à la déconsidération,
comme elle s'était accoutumée à l'indigence. Peu
à peu elle en prit son parti. Après deux ou trois
mois elle secoua la honte et se mit à sortir comme
si de rien n'était. Cela m'est bien égal, dit-elle.

Elle alla et vint, la tête haute, avec un sourire
amer, et sentit qu'elle devenait effrontée.

Madame Victurnien quelquefois la voyait passer
de sa fenêtre, remarquait la détresse de « cette
créature, » grâce à elle « remise à sa place, » et se
félicitait. Les méchants ont un bonheur noir.

L'excès du travail fatiguait Fantine, et la petite
toux sèche qu'elle avait, augmenta. Elle disait

quelquefois à sa voisine Marguerite : — Tàtez donc comme mes mains sont chaudes.

Cependant le matin, quand elle peignait avec un vieux peigne cassé ses beaux cheveux qui ruisselaient comme de la soie floche, elle avait une minute de coquetterie heureuse.

X

SUITE DU SUCCÈS

Elle avait été congédiée vers la fin de l'hiver; l'été se passa, mais l'hiver revint. Jours courts, moins de travail. L'hiver, point de chaleur, point de lumière, point de midi, le soir touche au matin, brouillard, crépuscule, la fenêtre est grise, on n'y voit pas clair. Le ciel est un soupirail. Toute la journée est une cave. Le soleil a l'air d'un pauvre. L'affreuse saison! L'hiver change en pierre l'eau du ciel et le cœur de l'homme. Ses créanciers la harcelaient.

Fantine gagnait trop peu. Ses dettes avaient grossi. Les Thénardier, mal payés, lui écrivaient à chaque instant des lettres dont le contenu la désolait et dont le port la ruinait. Un jour ils lui écrivirent que sa petite Cosette était toute nue par le froid qu'il faisait, qu'elle avait besoin d'une jupe de laine, et qu'il fallait au moins que la mère envoyât dix francs pour cela. Elle reçut la lettre, et la froissa dans ses mains tout le jour. Le soir elle entra chez un barbier qui habitait le coin de la rue, et défit son peigne. Ses admirables cheveux blonds lui tombèrent jusqu'aux reins.

— Les beaux cheveux ! s'écria le barbier.

— Combien m'en donneriez-vous ? dit-elle.

— Dix francs.

— Coupez-les.

Elle acheta une jupe de tricot et l'envoya aux Thénardier.

Cette jupe fit les Thénardier furieux. C'était de l'argent qu'ils voulaient. Ils donnèrent la jupe à Éponine. La pauvre Alouette continua de frissonner.

Fantine pensa : — Mon enfant n'a plus froid.
Je l'ai habillée de mes cheveux. — Elle mettait de
petits bonnets ronds qui cachaient sa tête tondue
et avec lesquels elle était encore jolie.

Un travail ténébreux se faisait dans le cœur de
Fantine.

Quand elle vit qu'elle ne pouvait plus se coiffer,
elle commença à tout prendre en haine autour
d'elle. Elle avait longtemps partagé la vénération
de tous pour le père Madeleine; cependant, à force
de se répéter que c'était lui qui l'avait chassée, et
qu'il était la cause de son malheur, elle en vint à
le haïr lui aussi, lui surtout. Quand elle passait devant la fabrique aux heures où les ouvriers sont sur
la porte, elle affectait de rire et de chanter.

Une vieille ouvrière qui la vit une fois chanter et
rire de cette façon dit : — Voilà une fille qui finira
mal.

Elle prit un amant, le premier venu, un homme
qu'elle n'aimait pas, par bravade, avec la rage dans
le cœur. C'était un misérable, une espèce de musi-
cien mendiant, un oisif gueux, qui la battait, et qui
la quitta comme elle l'avait pris, avec dégoût.

Elle adorait son enfant.

Plus elle descendait, plus tout devenait sombre autour d'elle, plus ce doux petit ange rayonnait dans le fond de son âme. Elle disait : Quand je serai riche, j'aurai ma Cosette avec moi ; et elle riait. La toux ne la quittait pas, et elle avait des sueurs dans le dos.

Un jour elle reçut des Thénardier une lettre ainsi conçue : « Cosette est malade d'une maladie qui « est dans le pays. Une fièvre miliaire, qu'ils ap- « pellent. Il faut des drogues chères. Cela nous « ruine et nous ne pouvons plus payer. Si vous ne « nous envoyez pas quarante francs avant huit « jours, la petite est morte. »

Elle se mit à rire aux éclats, et elle dit à sa vieille voisine : — Ah ! ils sont bons ! quarante francs ! que ça ! ça fait deux napoléons ! Où veulent-ils que je les prenne ? Sont-ils bêtes, ces paysans !

Cependant elle alla dans l'escalier près d'une lucarne et relut la lettre.

Puis elle descendit l'escalier et sortit en courant et en sautant, riant toujours.

Quelqu'un qui la rencontra lui dit : — Qu'est-ce que vous avez donc à être si gaie ?

Elle répondit : — C'est une bonne bêtise que viennent de m'écrire des gens de la campagne. Ils me demandent quarante francs. Paysans, va !

Comme elle passait sur la place, elle vit beaucoup de monde qui entourait une voiture de forme bizarre, sur l'impériale de laquelle pérorait tout debout un homme vêtu de rouge. C'était un bateleur dentiste en tournée, qui offrait au public des râteliers complets, des opiats, des poudres et des élixirs.

Fantine se mêla au groupe et se mit à rire comme les autres de cette harangue où il y avait de l'argot pour la canaille et du jargon pour les gens comme il faut. L'arracheur de dents vit cette belle fille qui riait, et s'écria tout à coup : — Vous avez de jolies dents, la fille qui riez là. Si vous voulez me vendre vos deux palettes, je vous donne de chaque un napoléon d'or.

— Qu'est-ce que c'est que ça, mes palettes ? demanda Fantine.

— Les palettes, reprit le professeur dentiste, c'est les dents de devant, les deux d'en haut.

— Quelle horreur ! s'écria Fantine.

— Deux napoléons ! grommela une vieille édentée qui était là. Qu'en voilà une qui est heureuse !

Fantine s'enfuit et se boucha les oreilles pour ne pas entendre la voix enrouée de l'homme qui lui criait : — Réfléchissez, la belle ! deux napoléons, ça peut servir. Si le cœur vous en dit, venez ce soir à l'auberge du *Tillac d'argent*, vous m'y trouverez.

Fantine rentra, elle était furieuse et conta la chose à sa bonne voisine Marguerite : — Comprenez-vous cela ? ne voilà-t-il pas un abominable homme ? comment laisse-t-on des gens comme cela aller dans le pays ! m'arracher mes deux dents de devant ! mais je serais horrible ! les cheveux repoussent, mais les dents ! Ah ! le monstre d'homme ! j'aimerais mieux me jeter d'un cinquième la tête la première sur le pavé ! Il m'a dit qu'il serait ce soir au *Tillac d'argent*.

— Et qu'est-ce qu'il offrait ? demanda Marguerite.

— Deux napoléons.

— Cela fait quarante francs.

— Oui, dit Fantine, cela fait quarante francs.

Elle resta pensive, et se mit à son ouvrage. Au bout d'un quart d'heure, elle quitta sa couture et alla relire la lettre des Thénardier sur l'escalier.

En rentrant, elle dit à Marguerite qui travaillait près d'elle :

— Qu'est-ce que c'est donc que cela, une fièvre miliaire? Savez-vous?

— Oui, répondit la vieille fille, c'est une maladie.

— Ça a donc besoin de beaucoup de drogues?

— Oh! des drogues terribles.

— Où ça vous prend-il?

— C'est une maladie qu'on a comme ça.

— Cela attaque donc les enfants?

— Surtout les enfants.

— Est-ce qu'on en meurt?

— Très-bien, dit Marguerite.

Fantine sortit et alla encore une fois relire la lettre sur l'escalier.

Le soir elle descendit, et on la vit qui se dirigeait du côté de la rue de Paris où sont les auberges.

Le lendemain matin, comme Marguerite entrait dans la chambre de Fantine avant le jour, car elles travaillaient toujours ensemble et de cette façon n'allumaient qu'une chandelle pour deux, elle trouva Fantine assise sur son lit, pâle, glacée. Elle ne s'était pas couchée. Son bonnet était tombé sur ses genoux. La chandelle avait brûlé toute la nuit et était presque entièrement consumée.

Marguerite s'arrêta sur le seuil, pétrifiée de cet énorme désordre, et s'écria :

— Seigneur! la chandelle qui est toute brûlée! il s'est passé des événements.

Puis elle regarda Fantine qui tournait vers elle sa tête sans cheveux.

Fantine depuis la veille avait vieilli de dix ans.

— Jésus! fit Marguerite, qu'est-ce que vous avez, Fantine?

— Je n'ai rien, répondit Fantine. Au contraire. Mon enfant ne mourra pas de cette affreuse maladie, faute de secours. Je suis contente.

En parlant ainsi, elle montrait à la vieille fille deux napoléons qui brillaient sur la table.

— Ah, Jésus Dieu! dit Marguerite. Mais c'est une fortune? où avez-vous eu ces louis d'or?

— Je les ai eus, répondit Fantine.

En même temps elle sourit. La chandelle éclairait son visage. C'était un sourire sanglant. Une salive rougeâtre lui souillait le coin des lèvres, et elle avait un trou noir dans la bouche.

Les deux dents étaient arrachées.

Elle envoya les quarante francs à Montfermeil.

Du reste c'était une ruse des Thénardier pour avoir de l'argent. Cosette n'était pas malade.

Fantine jeta son miroir par la fenêtre. Depuis longtemps elle avait quitté sa cellule du second pour une mansarde fermée d'un loquet sous le toit ; un de ces galetas dont le plafond fait angle avec le plancher et vous heurte à chaque instant la tête. Le pauvre ne peut aller au fond de sa chambre comme au fond de sa destinée qu'en se courbant de plus en plus. Elle n'avait plus de lit, il lui restait une loque qu'elle appelait sa couverture, un matelas à terre et une chaise dépaillée. Un petit rosier qu'elle avait s'était desséché dans un coin, oublié. Dans l'autre coin, il y avait un pot à beurre à mettre l'eau, qui gelait l'hiver, et où les différents niveaux de l'eau restaient longtemps marqués par des cercles de glace. Elle avait perdu la honte, elle perdit la coquetterie. Dernier signe. Elle sortait avec des bonnets sales. Soit faute de temps, soit indifférence, elle ne raccommodait plus son linge. A mesure que les talons s'usaient, elle tirait ses bas dans ses souliers. Cela se voyait à

de certains plis perpendiculaires. Elle rapiéçait
son corset, vieux et usé, avec des morceaux de
calicot qui se déchiraient au moindre mouvement.
Les gens auxquels elle devait, lui faisaient « des
scènes, » et ne lui laissaient aucun repos. Elle
les trouvait dans la rue, elle les retrouvait dans
son escalier. Elle passait des nuits à pleurer et
à songer. Elle avait les yeux très-brillants, et
elle sentait une douleur fixe dans l'épaule, vers
le haut de l'omoplate gauche. Elle toussait beaucoup. Elle haïssait profondément le père Madeleine, et ne se plaignait pas. Elle cousait dix-
sept heures par jour ; mais un entrepreneur du
travail des prisons qui faisait travailler les pri-
sonnières au rabais, fit tout à coup baisser les
prix, ce qui réduisit la journée des ouvrières libres
à neuf sous. Dix-sept heures de travail, et neuf
sous par jour! Ses créanciers étaient plus impi-
toyables que jamais. Le fripier, qui avait repris
presque tous les meubles, lui disait sans cesse :
Quand me payeras-tu, coquine? Que voulait-on
d'elle, bon Dieu! Elle se sentait traquée et il se
développait en elle quelque chose de la bête farouche. Vers le même temps, le Thénardier lui

écrivit que décidément il avait attendu avec beaucoup trop de bonté, et qu'il lui fallait cent francs,
tout de suite, sinon qu'il mettrait à la porte la petite
Cosette, toute convalescente de sa grande maladie,
par le froid, par les chemins, et qu'elle deviendrait cè qu'elle pourrait, et qu'elle crèverait, si
elle voulait. — Cent francs, songea Fantine. Mais
où y a-t-il un état à gagner cent sous par jour?

— Allons ! dit-elle, vendons le reste.

L'infortunée se fit fille publique.

XI

CHRISTUS NOS LIBERAVIT

Qu'est-ce que c'est que cette histoire de Fantine? C'est la société achetant une esclave.

A qui? A la misère.

A la faim, au froid, à l'isolement, à l'abandon, au dénûment. Marché douloureux. Une âme pour un morceau de pain. La misère offre, la société accepte.

La sainte loi de Jésus-Christ gouverne notre

civilisation, mais elle ne la pénètre pas encore ;
on dit que l'esclavage a disparu de la civilisation
européenne. C'est une erreur. Il existe toujours ;
mais il ne pèse plus que sur la femme, et il s'appelle prostitution.

Il pèse sur la femme, c'est-à-dire sur la grâce,
sur la faiblesse, sur la beauté, sur la maternité.
Ceci n'est pas une des moindres hontes de l'homme.

Au point de ce douloureux drame où nous
sommes arrivés, il ne reste plus rien à Fantine de
ce qu'elle a été autrefois. Elle est devenue marbre
en devenant boue. Qui la touche a froid. Elle
passe, elle vous subit et elle vous ignore ; elle est
la figure déshonorée et sévère. La vie et l'ordre
social lui ont dit leur dernier mot. Il lui est arrivé
tout ce qui lui arrivera. Elle a tout ressenti, tout
supporté, tout éprouvé, tout souffert, tout perdu,
tout pleuré. Elle est résignée de cette résignation
qui ressemble à l'indifférence comme la mort ressemble au sommeil. Elle n'évite plus rien. Elle ne
craint plus rien. Tombe sur elle toute la nuée et
passe sur elle tout l'océan ! Que lui importe ! c'est
une éponge imbibée.

Elle le croit du moins, mais c'est une erreur de

s'imaginer qu'on épuise le sort et qu'on touche le
fond de quoi que ce soit.

Hélas! qu'est-ce que toutes ces destinées ainsi
poussées pêle-mêle? où vont-elles? pourquoi sont-
elles ainsi?

Celui qui sait cela voit toute l'ombre.

Il est seul. Il s'appelle Dieu.

XII

LE DÉSŒUVREMENT DE M. BAMATABOIS

Il y a dans toutes les petites villes, et il y avait à M. — sur M. — en particulier, une classe de jeunes gens qui grignotent quinze cents livres de rente en province du même air dont leurs pareils dévorent à Paris deux cent mille francs par an. Ce sont des êtres de la grande espèce neutre ; hongres, parasites, nuls, qui ont un peu de terre, un peu de sottise et un peu d'esprit, qui seraient des rustres dans un salon et se croient des gentilshommes au cabaret, qui disent : mes prés, mes bois, mes paysans, sifflent les actrices du théâtre pour prouver qu'ils sont gens de goût, querellent les officiers de la garnison pour montrer qu'ils sont gens de guerre, chassent, fument, bâillent, boivent, sentent le tabac, jouent au billard, regardent les voyageurs descendre de diligence, vivent au café, dînent à l'auberge, ont un 'chien qui mange les os sous la table et une maîtresse qui pose les plats dessus, tiennent à un sou, exagèrent les modes, admirent la tragédie, méprisent les femmes, usent leurs vieilles bottes, copient Londres à travers Paris et Paris à travers Pont-à-Mousson, vieillissent hébétés, ne travaillent pas, ne servent à rien et ne nuisent pas à grand'chose.

M. Félix Tholomyès, resté dans sa province et n'ayant jamais vu Paris, serait un de ces hommes-là.

S'ils étaient plus riches, on dirait : ce sont des élégants; s'ils étaient plus pauvres, on dirait : ce sont des fainéants. Ce sont tout simplement des désœuvrés. Parmi ces désœuvrés, il y a des ennuyeux, des ennuyés, des rêvasseurs, et quelques drôles.

Dans ce temps-là, un élégant se composait d'un grand col, d'une grande cravate, d'une montre à breloques, de trois gilets superposés de couleurs différentes, le bleu et le rouge en dedans, d'un habit couleur olive à taille courte, à queue de mo-rue, à double rangée de boutons d'argent serrés les uns contre les autres et montant jusque sur l'épaule, et d'un pantalon olive plus clair, orné sur les deux coutures d'un nombre de côtes indé-terminé, mais toujours impair, variant de une à onze, limite qui n'était jamais franchie. Ajoutez à cela des souliers-bottes avec de petits fers au talon, un chapeau à haute forme et à bords étroits, des cheveux en touffe, une énorme canne, et une con-versation rehaussée des calembours de Potier. Sur le tout des éperons et des moustaches. A cette époque, des moustaches voulaient dire bourgeois et des éperons voulaient dire piéton.

L'élégant de province portait les éperons plus longs et les moustaches plus farouches.

C'était le temps de la lutte des républiques de l'Amérique méridionale contre le roi d'Espagne, de Bolivar contre Morillo. Les chapeaux à petits bords étaient royalistes et se nommaient des morillos ; les

libéraux portaient des chapeaux à larges bords qui
s'appelaient des bolivars.

Huit ou dix mois donc après ce qui a été raconté
dans les pages précédentes, vers les premiers jours
de janvier 1823, un soir qu'il avait neigé, un de
ces élégants, un de ces désœuvrés, un « bien pensant, » car il avait un morillo, de plus chaudement
enveloppé d'un de ces grands manteaux qui com-
plétaient dans les temps froids le costume à la
mode, se divertissait à harceler une créature qui
rôdait en robe de bal et toute décolletée avec des
fleurs sur la tête devant la vitre du café des officiers. Cet élégant fumait, car c'était décidément la
mode.

Chaque fois que cette femme passait devant lui,
il lui jetait, avec une bouffée de la fumée de son
cigare, quelque apostrophe qu'il croyait spirituelle
et gaie, comme : — Que tu es laide! — Veux-tu
te cacher! — Tu n'as pas de dents! etc., etc. —
Ce monsieur s'appelait monsieur Bamatabois. La
femme, triste spectre paré qui allait et venait sur
la neige, ne lui répondait pas, ne le regardait
même pas, et n'en accomplissait pas moins en silence et avec une régularité sombre sa promenade

qui la ramenait de cinq minutes en cinq minutes
sous le sarcasme, comme le soldat condamné qui
revient sous les verges. Ce peu d'effet piqua sans
doute l'oisif qui, profitant d'un moment où elle se
retournait, s'avança derrière elle à pas de loup et
en étouffant son rire, se baissa, prit sur le pavé
une poignée de neige et la lui plongea brusquement dans le dos entre ses deux épaules nues. La
fille poussa un rugissement, se tourna, bondit
comme une panthère, et se rua sur l'homme, lui
enfonçant ses ongles dans le visage, avec les plus
effroyables paroles qui puissent tomber du corps
de garde dans le ruisseau. Ces injures, vomies
d'une voix enrouée par l'eau-de-vie, sortaient hi-
deusement d'une bouche à laquelle manquaient en
effet les deux dents de devant. C'était la Fantine.

Au bruit que cela fit, les officiers sortirent en
foule du café, les passants s'amassèrent, et il se
forma un grand cercle riant, huant et applaudis-
sant, autour de ce tourbillon composé de deux êtres
où l'on avait peine à reconnaître un homme et une
femme, l'homme se débattant, son chapeau à terre,
la femme frappant des pieds et des poings, décoif-

fée, hurlant, sans dents et sans cheveux, livide de colère, horrible.

Tout à coup un homme de haute taille sortit vivement de la foule, saisit la femme à son corsage de satin couvert de boue, et lui dit : suis-moi !

La femme leva la tête ; sa voix furieuse s'éteignit subitement. Ses yeux étaient vitreux, de livide elle était devenue pâle, et elle tremblait d'un tremblement de terreur. Elle avait reconnu Javert.

L'élégant avait profité de l'incident pour s'esquiver.

XIII

SOLUTION DE QUELQUES QUESTIONS DE POLICE MUNICIPALE

Javert écarta les assistants, rompit le cercle, et se mit à marcher à grands pas vers le bureau de police qui est à l'extrémité de la place, traînant après lui la misérable. Elle se laissait faire machinalement. Ni lui, ni elle ne disaient un mot. La nuée des spectateurs, au paroxysme de la joie, suivait avec des quolibets. La suprême misère, occasion d'obscénités.

Arrivé au bureau de police qui était une salle basse chauffée par un poêle et gardée par un poste, avec une porte vitrée et grillée sur la rue, Javert ouvrit la porte, entra avec la Fantine et referma la porte derrière lui, au grand désappointement des curieux qui se haussèrent sur la pointe du pied et allongèrent le cou devant la vitre trouble du corps de garde, cherchant à voir. La curiosité est une gourmandise. Voir c'est dévorer.

En entrant, la Fantine alla tomber dans un coin, immobile et muette, accroupie comme une chienne qui a peur.

Le sergent du poste apporta une chandelle allumée sur une table. Javert s'assit, tira de sa poche une feuille de papier timbré et se mit à écrire.

Ces classes de femmes sont entièrement remises par nos lois à la discrétion de la police. Elle en fait ce qu'elle veut, les punit comme bon lui semble, et confisque à son gré ces deux tristes choses qu'elles appellent leur industrie et leur liberté. Javert était impassible ; son visage sérieux ne trahissait aucune émotion. Pourtant il était gravement et profondément préoccupé. C'était un de ces moments où il exerçait sans contrôle, mais avec tous les scrupules d'une conscience sévère, son redoutable pouvoir discrétionnaire. En cet instant, il le sentait, son escabeau d'agent de police était un tribunal. Il jugeait. Il jugeait et il condamnait. Il appelait tout ce qu'il pouvait avoir d'idées dans l'esprit autour de la grande chose qu'il faisait. Plus il examinait le fait de cette fille, plus il se sentait révolté. Il était évident qu'il venait de voir commettre un crime. Il venait de voir, là dans la rue, la société, représentée par un propriétaire-électeur, insultée et attaquée par une créature en dehors de tout. Une prostituée avait attenté à un bourgeois. Il avait vu cela, lui Javert. Il écrivait en silence.

Quand il eut fini, il signa, plia le papier et dit au sergent du poste, en le lui remettant : — Prenez trois hommes, et menez cette fille au bloc. — Puis se tournant vers la Fantine : — Tu en as pour six mois.

La malheureuse tressaillit.

— Six mois ! six mois de prison ! cria-t-elle. Six mois à gagner sept sous par jour ! mais que deviendra Cosette ! ma fille ! ma fille ! Mais je dois encore plus de cent francs aux Thénardier, monsieur l'inspecteur, savez-vous cela ?

Elle se traîna sur la dalle mouillée par les bottes boueuses de tous ces hommes, sans se lever, joignant les mains, faisant de grands pas avec ses genoux.

— Monsieur Javert, dit-elle, je vous demande grâce. Je vous assure que je n'ai pas eu tort. Si vous aviez vu le commencement, vous auriez vu! je vous jure le bon Dieu que je n'ai pas eu tort. C'est ce monsieur le bourgeois que je ne connais pas qui m'a mis de la neige dans le dos. Est-ce qu'on a le droit de nous mettre de la neige dans le dos quand nous passons comme cela tranquillement sans faire de mal à personne? Cela m'a saisie. Je suis un peu malade, voyez-vous! et puis il y avait déjà un peu de temps qu'il me disait des raisons. Tu es laide! tu n'as pas de dents! je le sais bien que je n'ai plus mes dents. Je ne faisais rien, moi; je disais : c'est un monsieur qui s'amuse. J'étais honnête avec lui, je ne lui parlais pas. C'est à cet instant-là qu'il m'a mis de la neige. Monsieur Javert, mon bon monsieur l'inspecteur! est-ce qu'il n'y a personne là qui ait vu pour vous dire que c'est bien vrai? J'ai peut-être eu tort de me fâcher. Vous savez, dans le premier moment, on n'est pas maître.

On a des vivacités. Et puis, quelque chose de si
froid qu'on vous met dans le dos à l'heure que vous
ne vous y attendez pas. J'ai eu tort d'abîmer le
chapeau de ce monsieur. Pourquoi s'est-il en allé ?
je lui demanderais pardon. Oh! mon Dieu, cela me
serait bien égal de lui demander pardon. Faites-moi
grâce pour aujourd'hui cette fois, monsieur Javert.
Tenez, vous ne savez pas ça, dans les prisons on ne
gagne que sept sous, ce n'est pas la faute du gouvernement, mais on gagne sept sous, et figurez-vous
que j'ai cent francs à payer, ou autrement on me
renverra ma petite. O mon Dieu! je ne peux pas
l'avoir avec moi. C'est si vilain ce que je fais! O ma
Cosette, ô mon petit ange de la bonne sainte vierge,
qu'est-ce qu'elle deviendra, pauvre loup! Je vais
vous dire, c'est les Thénardier, des aubergistes,
des paysans, ça n'a pas de raisonnement. Il leur
faut de l'argent. Ne me mettez pas en prison!
Voyez-vous, c'est une petite qu'on mettrait à même
sur la grande route, va comme tu pourras, en plein
cœur d'hiver, il faut avoir pitié de cette chose-là,
mon bon monsieur Javert. Si c'était plus grand, ça
gagnerait sa vie, mais ça ne peut pas, à ces
âges-là. Je ne suis pas une mauvaise femme au

fond. Ce n'est pas la lâcheté et la gourmandise qui
ont fait de moi ça. J'ai bu de l'eau-de-vie, c'est
par misère. Je ne l'aime pas, mais cela étourdit.
Quand j'étais plus heureuse, on n'aurait eu qu'à
regarder dans mes armoires, on aurait bien vu que
je n'étais pas une femme coquette qui a du désordre. J'avais du linge, beaucoup de linge. Ayez pitié de moi, monsieur Javert!

Elle parlait ainsi, brisée en deux, secouée par
les sanglots, aveuglée par les larmes, la gorge nue,
se tordant les mains, toussant d'une toux sèche et
courte, balbutiant tout doucement avec la voix de
l'agonie. La grande douleur est un rayon divin et
terrible qui transfigure les misérables. A ce moment-là, la Fantine était redevenue belle. A de
certains instants, elle s'arrêtait et baisait tendre-
ment la redingote du mouchard. Elle eût attendri
un cœur de granit; mais on n'attendrit pas un
cœur de bois.

— Allons! dit Javert, je t'ai écoutée. As-tu bien
tout dit? Marche à présent! tu as tes six mois!
le Père éternel en personne n'y pourrait plus rien.

A cette solennelle parole, *le Père éternel en
personne n'y pourrait plus rien*, elle comprit que

l'arrêt était prononcé. Elle s'affaissa sur elle-même en murmurant :

— Grâce !

Javert tourna le dos.

Les soldats la saisirent par le bras.

Depuis quelques minutes, un homme était entré sans qu'on eût pris garde à lui. Il avait refermé la porte, s'y était adossé, et avait entendu les prières désespérées de la Fantine.

Au moment où les soldats mirent la main sur la malheureuse qui ne voulait pas se lever, il fit un pas, sortit de l'ombre et dit :

— Un instant, s'il vous plaît !

Javert leva les yeux et reconnut M. Madeleine. Il ôta son chapeau, et saluant avec une sorte de gaucherie fâchée :

— Pardon, monsieur le maire....

Ce mot, monsieur le maire, fit sur la Fantine un effet étrange. Elle se dressa debout tout d'une pièce comme un spectre qui sort de terre, repoussa les soldats des deux bras, marcha droit à M. Madeleine avant qu'on eût pu la retenir, et le regardant fixement, l'air égaré, elle s'écria :

— Ah ! c'est donc toi qui es monsieur le maire !

Puis elle éclata de rire et lui cracha au visage.

M. Madeleine s'essuya le visage et dit :

— Inspecteur Javert, mettez cette femme en liberté.

Javert se sentit au moment de devenir fou. Il éprouvait en cet instant, coup sur coup, et presque mêlées ensemble, les plus violentes émotions qu'il eût ressenties de sa vie. Voir une fille publique cracher au visage d'un maire, cela était une chose si monstrueuse que, dans ses suppositions les plus effroyables, il eût regardé comme un sacrilége de la croire possible. D'un autre côté, dans le fond de sa pensée, il faisait confusément un rapproche-ment hideux entre ce qu'était cette femme et ce que pouvait être ce maire, et alors il entrevoyait avec horreur je ne sais quoi de tout simple dans ce prodigieux attentat. Mais quand il vit ce maire, ce magistrat, s'essuyer tranquillement le visage et dire : *mettez cette femme en liberté,* il eut comme un éblouissement de stupeur ; la pensée et la parole lui manquèrent également ; la somme de l'éton-nement possible était dépassée pour lui. Il resta muet.

Ce mot n'avait pas porté un coup moins étrange

à la Fantine. Elle leva son bras nu et se cramponna à la clef du poêle comme une personne qui chancelle. Cependant elle regardait tout autour d'elle et elle se mit à parler à voix basse, comme si elle se parlait à elle-même.

— En liberté! qu'on me laisse aller! que je n'aille pas en prison six mois? Qu'est-ce qui a dit cela? Il n'est pas possible qu'on ait dit cela. J'ai mal entendu. Ça ne peut pas être ce monstre de maire! Est-ce que c'est vous, mon bon monsieur Javert, qui avez dit qu'on me mette en liberté? Oh! voyez-vous! je vais vous dire et vous me laisserez aller. Ce monstre de maire, ce vieux gredin de maire, c'est lui qui est cause de tout. Figurez-vous, monsieur Javert, qu'il m'a chassée! à cause d'un tas de gueuses qui tiennent des propos dans l'atelier. Si ce n'est pas là une horreur! Renvoyer une pauvre fille qui fait honnêtement son ouvrage! alors je n'ai plus gagné assez, et tout le malheur est venu. D'abord il y a une amélioration que ces messieurs de la police devraient bien faire, ce serait d'empêcher les entrepreneurs des prisons de faire du tort aux pauvres gens. Je vais vous expliquer cela, voyez-vous. Vous gagnez douze sous dans les

chemises, cela tombe à neuf sous, il n'y a plus
moyen de vivre. Il faut donc devenir ce qu'on peut.
Moi, j'avais ma petite Cosette, j'ai bien été forcée
de devenir une mauvaise femme. Vous comprenez
à présent que c'est ce gueux de maire qui a fait
tout le mal. Après cela, j'ai piétiné le chapeau de
ce monsieur bourgeois devant le café des officiers.
Mais lui, il m'avait perdu toute ma robe avec de
la neige. Nous autres, nous n'avons qu'une robe
de soie, pour le soir. Voyez-vous, je n'ai jamais
fait de mal exprès, vrai, monsieur Javert, et je
vois partout des femmes bien plus méchantes que
moi qui sont bien plus heureuses. O monsieur Javert, c'est vous qui avez dit qu'on me mette
dehors, n'est-ce pas? Prenez des informations,
parlez à mon propriétaire, maintenant je paye mon
terme, on vous dira bien que je suis honnête. Ah! mon
Dieu, je vous demande pardon, j'ai touché, sans
faire attention, à la clef du poêle, et cela fait fumer.

M. Madeleine l'écoutait avec une attention profonde. Pendant qu'elle parlait, il avait fouillé dans
son gilet, en avait tiré sa bourse et l'avait ouverte.
Elle était vide. Il l'avait remise dans sa poche. Il
dit à la Fantine :

— Combien avez-vous dit que vous deviez?

La Fantine, qui ne regardait que Javert, se retourna de son côté :

— Est-ce que je te parle, à toi?

Puis s'adressant aux soldats :

— Dites donc, vous autres, avez-vous vu comme je te vous lui ai craché à la figure? Ah! vieux scélérat de maire, tu viens ici pour me faire peur, mais je n'ai pas peur de toi. J'ai peur de monsieur Javert. J'ai peur de mon bon monsieur Javert!

En parlant ainsi elle se retourna vers l'inspecteur :

— Avec ça, voyez-vous, monsieur l'inspecteur, il faut être juste. Je comprends que vous êtes juste, monsieur l'inspecteur, au fait, c'est tout simple, un homme qui joue à mettre un peu de neige dans le dos d'une femme, ça les faisait rire, les officiers, il faut bien qu'on se divertisse à quelque chose, nous autres nous sommes là pour qu'on s'amuse, quoi! Et puis, vous, vous venez, vous êtes bien forcé de mettre l'ordre, vous emmenez la femme qui a tort, mais en y réfléchissant, comme vous êtes bon, vous dites qu'on me mette en liberté, c'est pour la petite, parce que six mois en prison cela m'empêcherait de nourrir mon enfant. Seulement n'y reviens plus, coquine ! Oh ! je n'y reviendrai plus, monsieur Javert ! on me fera tout ce qu'on voudra maintenant, je ne bougerai plus. Seulement, aujourd'hui, voyez-vous, j'ai crié parce que cela m'a fait mal, je ne m'attendais pas du tout à cette neige de ce monsieur, et puis, je vous ai dit, je ne me porte pas très-bien, je tousse, j'ai là dans l'estomac comme une boule qui me brûle, que le médecin me dit : soignez-vous. Tenez, tâtez, donnez votre main, n'ayez pas peur, c'est ici.

Elle ne pleurait plus, sa voix était caressante, elle appuyait sur sa gorge blanche et délicate la grosse main rude de Javert, et elle le regardait en souriant.

Tout à coup elle rajusta vivement le désordre de ses vêtements, fit retomber les plis de sa robe qui en se traînant s'était relevée presque à la hauteur du genou, et marcha vers la porte en disant à demi-voix aux soldats avec un signe de tête amical :

— Les enfants, monsieur l'inspecteur a dit qu'on me lâche, je m'en vas.

Elle mit la main sur le loquet. Un pas de plus, elle était dans la rue.

Javert jusqu'à cet instant était resté debout, immobile, l'œil fixé à terre, posé de travers au milieu de cette scène comme une statue dérangée qui attend qu'on la mette quelque part.

Le bruit que fit le loquet le réveilla. Il releva la tête avec une expression d'autorité souveraine, expression toujours d'autant plus effrayante que le pouvoir se trouve placé plus bas, féroce chez la bête fauve, atroce chez l'homme de rien.

— Sergent, cria-t-il, vous ne voyez pas que cette drôlesse s'en va ! Qui est-ce qui vous a dit de la laisser aller?

— Moi, dit Madeleine.

La Fantine à la voix de Javert avait tremblé et lâché le loquet comme un voleur pris lâche l'objet volé. A la voix de Madeleine, elle se retourna, et à partir de ce moment, sans qu'elle prononçât un mot, sans qu'elle osât même laisser sortir son souffle librement, son regard alla tour à tour de Madeleine à Javert et de Javert à Madeleine, selon que c'était l'un ou l'autre qui parlait.

Il était évident qu'il fallait que Javert eût été, comme on dit, « jeté hors des gonds » pour qu'il se fût permis d'apostropher le sergent comme il

l'avait fait, après l'invitation du maire de mettre
Fantine en liberté. En était-il venu à oublier la
présence de monsieur le maire? Avait-il fini par se
déclarer à lui-même qu'il était impossible « qu'une
autorité » eût donné un pareil ordre, et que bien
certainement monsieur le maire avait dû dire sans
le vouloir une chose pour une autre ? Ou bien, devant les énormités dont il était témoin depuis deux
heures, se disait-il qu'il fallait revenir aux suprêmes
résolutions, qu'il était nécessaire que le petit se fît
grand, que le mouchard se transformât en magistrat, que l'homme de police devînt homme de justice, et qu'en cette extrémité prodigieuse l'ordre,
la loi, la morale, le gouvernement, la société tout
entière, se personnifiait en lui Javert?

Quoi qu'il en soit, quand M. Madeleine eut dit
ce *moi* qu'on vient d'entendre, on vit l'inspecteur
de police Javert se tourner vers monsieur le maire,
pâle, froid, les lèvres bleues, le regard désespéré,
tout le corps agité d'un tremblement imperceptible,
et, chose inouïe, lui dire, l'œil baissé, mais la voix
ferme :

— Monsieur le maire, cela ne se peut pas.

— Comment? dit M. Madeleine.

— Cette malheureuse a insulté un bourgeois.

— Inspecteur Javert, repartit M. Madeleine avec un accent conciliant et calme, écoutez. Vous êtes un honnête homme, et je ne fais nulle difficulté de m'expliquer avec vous. Voici le vrai. Je passais sur la place comme vous emmeniez cette femme, il y avait encore des groupes, je me suis informé, j'ai tout su, c'est le bourgeois qui a eu tort et qui, en bonne police, eût dû être arrêté.

Javert reprit :

— Cette misérable vient d'insulter monsieur le maire.

— Ceci me regarde, dit M. Madeleine. Mon injure est à moi peut-être. J'en puis faire ce que je veux.

— Je demande pardon à monsieur le maire. Son injure n'est pas à lui, elle est à la justice.

— Inspecteur Javert, répliqua M. Madeleine, la première justice, c'est la conscience. J'ai entendu cette femme. Je sais ce que je fais.

— Et moi, monsieur le maire, je ne sais pas ce que je vois.

— Alors contentez-vous d'obéir.

— J'obéis à mon devoir. Mon devoir veut que cette femme fasse six mois de prison.

M. Madeleine répondit avec douceur :

— Écoutez bien ceci. Elle n'en fera pas un jour.

A cette parole décisive, Javert osa regarder le maire fixement, et lui dit, mais avec un son de voix toujours profondément respectueux :

— Je suis au désespoir de résister à monsieur le maire, c'est la première fois de ma vie, mais il daignera me permettre de lui faire observer que je suis dans la limite de mes attributions. Je reste, puisque monsieur le maire le veut, dans le fait du bourgeois. J'étais là. C'est cette fille qui s'est jetée sur monsieur Bamatabois, qui est électeur et propriétaire de cette belle maison à balcon qui fait le coin de l'esplanade, à trois étages et toute en pierre de taille. Enfin, il y a des choses dans ce monde ! Quoi qu'il en soit, monsieur le maire, cela, c'est un fait de police de la rue qui me regarde, et je retiens la femme Fantine.

Alors M. Madeleine croisa les bras et dit avec une voix sévère que personne dans la ville n'avait encore entendue :

— Le fait dont vous parlez est un fait de police municipale. Aux termes des articles neuf, onze, quinze et soixante-six du code d'instruction crimi-

nelle, j'en suis juge. J'ordonne que cette femme soit
mise en liberté.

Javert voulut tenter un dernier effort.

— Mais, monsieur le maire...

— Je vous rappelle, à vous, l'article quatre-
vingt-un de la loi du 13 décembre 1799 sur la dé-
tention arbitraire.

— Monsieur le maire, permettez...

— Plus un mot.

— Pourtant...

— Sortez, dit M. Madeleine.

Javert reçut le coup, debout, de face, et en pleine
poitrine comme un soldat russe. Il salua jusqu'à
terre monsieur le maire et sortit.

Fantine se rangea de la porte et le regarda avec
stupeur passer devant elle.

Cependant elle aussi était en proie à un boule-
versement étrange. Elle venait de se voir en quelque
sorte disputée par deux puissances opposées. Elle
avait vu lutter devant ses yeux deux hommes tenant dans leurs mains sa liberté, sa vie, son âme,
son enfant; l'un de ces hommes la tirait du côté de
l'ombre, l'autre la ramenait vers la lumière. Dans
cette lutte, entrevue à travers les grossissements de

l'épouvante, ces deux hommes lui étaient apparus comme deux géants ; l'un parlait comme son démon, l'autre parlait comme son bon ange. L'ange avait vaincu le démon, et, chose qui la faisait frissonner de la tête aux pieds, cet ange, ce libérateur, c'était précisément l'homme qu'elle abhorrait, ce maire qu'elle avait si longtemps considéré comme l'auteur de tous ses maux, ce Madeleine ! et au moment même où elle venait de l'insulter d'une façon hideuse, il la sauvait ! S'était-elle donc trompée ? Devait-elle donc changer toute son âme ?... Elle ne savait, elle tremblait. Elle écoutait éperdue, elle regardait effarée, et à chaque parole que disait M. Madeleine, elle sentait fondre et s'écrouler en elle les affreuses ténèbres de la haine et naître dans son cœur je ne sais quoi de réchauffant et d'ineffable qui était de la joie, de la confiance et de l'amour.

Quand Javert fut sorti, M. Madeleine se tourna vers elle, et lui dit avec une voix lente, ayant peine à parler comme un homme sérieux qui ne veut pas pleurer :

— Je vous ai entendue. Je ne savais rien de ce que vous avez dit. Je crois que c'est vrai, et je sens que c'est vrai. J'ignorais même que vous eussiez

quitté mes ateliers. Pourquoi ne vous êtes-vous pas
adressée à moi? Mais voici : je payerai vos dettes,
je ferai venir votre enfant, ou vous irez la rejoindre.
Vous vivrez ici, à Paris, où vous voudrez. Je me
charge de votre enfant et de vous. Vous ne travail-
lerez plus, si vous voulez. Je vous donnerai tout
l'argent qu'il vous faudra. Vous redeviendrez honnête en redevenant heureuse. Et même, écoutez, je
vous le déclare dès à présent, si tout est comme
vous le dites, et je n'en doute pas, vous n'avez jamais cessé d'être vertueuse et sainte devant Dieu.
Oh! pauvre femme!

C'en était plus que la pauvre Fantine n'en pouvait supporter. Avoir Cosette! sortir de cette vie
infâme! vivre libre, riche, heureuse, honnête, avec
Cosette! voir brusquement s'épanouir au milieu de
sa misère toutes ces réalités du paradis! Elle regarda comme hébétée cet homme qui lui parlait, et
ne put que jeter deux ou trois sanglots : Oh! oh!
oh! Ses jarrets plièrent, elle se mit à genoux devant M. Madeleine, et, avant qu'il eût pu l'en empêcher, il sentit qu'elle lui prenait la main et que
ses lèvres s'y posaient.

Puis elle s'évanouit.

LIVRE SIXIÈME

JAVERT

I

COMMENCEMENT DU REPOS

M. Madeleine fit transporter la Fantine à cette
infirmerie qu'il avait dans sa propre maison. Il la
confia aux sœurs qui la mirent au lit. Une fièvre
ardente était survenue. Elle passa une partie de la
nuit à délirer et à parler haut. Cependant elle finit
par s'endormir.

Le lendemain vers midi Fantine se réveilla. Elle
entendit une respiration tout près de son lit, elle

écarta son rideau et vit M. Madeleine debout qui
regardait quelque chose au-dessus de sa tête. Ce
regard était plein de pitié et d'angoisse et suppliait. Elle en suivit la direction et vit qu'il s'adres-
sait à un crucifix cloué au mur.

M. Madeleine était désormais transfiguré aux
yeux de Fantine. Il lui paraissait enveloppé de lumière. Il était absorbé dans une sorte de prière.
Elle le considéra longtemps sans oser l'interrompre.
Enfin elle lui dit timidement :

— Que faites-vous donc là ?

M. Madeleine était à cette place depuis une
heure. Il attendait que Fantine se réveillât. Il lui
prit la main, lui tâta le pouls, et répondit :

— Comment êtes-vous ?

— Bien, j'ai dormi, dit-elle, je crois que je vais
mieux. Ce ne sera rien.

Lui reprit, répondant à la question qu'elle lui
avait adressée d'abord, comme s'il ne faisait que
de l'entendre :

— Je priais le martyr qui est là-haut.

Et il ajouta dans sa pensée : — Pour la martyre
qui est ici-bas.

M. Madeleine avait passé la nuit et la matinée

à s'informer. Il savait tout maintenant. Il connaissait dans tous ses poignants détails l'histoire de
Fantine. Il continua :

— Vous avez bien souffert, pauvre mère. Oh!
ne vous plaignez pas, vous avez à présent la dot
des élus. C'est de cette façon que les hommes font
des anges. Ce n'est point leur faute ; ils ne savent
pas s'y prendre autrement. Voyez-vous, cet enfer
dont vous sortez est la première forme du ciel. Il
fallait commencer par là.

Il soupira profondément. Elle cependant lui souriait avec ce sublime sourire auquel il manquait
deux dents.

Javert dans cette même nuit avait écrit une
lettre. Il remit lui-même cette lettre le lendemain
matin au bureau de poste de M. — sur M. —. Elle
était pour Paris et la suscription portait : *à monsieur Chabouillet, secrétaire de monsieur le préfet
de police.* Comme l'affaire du corps de garde s'était
ébruitée, la directrice du bureau de poste et quelques autres personnes qui virent la lettre avant le
départ et qui reconnurent l'écriture de Javert sur
l'adresse, pensèrent que c'était sa démission qu'il
envoyait.

M. Madeleine se hâta d'écrire aux Thénardier. Fantine leur devait cent vingt francs. Il leur envoya trois cents francs, en leur disant de se payer sur cette somme et d'amener tout de suite l'enfant à M. — sur M. — où sa mère malade la réclamait.

Ceci éblouit le Thénardier. — Diable! dit-il à sa femme, ne lâchons pas l'enfant. Voilà que cette mauviette va devenir une vache à lait. Je devine. Quelque jocrisse se sera amouraché de la mère.

Il riposta par un mémoire de cinq cents et quelques francs fort bien fait. Dans ce mémoire figuraient pour plus de trois cents francs deux notes incontestables, l'une d'un médecin, l'autre d'un apothicaire, lesquels avaient soigné et médicamenté dans deux longues maladies Éponine et Azelma. Cosette, nous l'avons dit, n'avait pas été malade. Ce fut l'affaire d'une toute petite substitution de noms. Thénardier mit au bas du mémoire : *reçu à compte trois cents francs.*

M. Madeleine envoya tout de suite trois cents autres francs et écrivit : dépêchez-vous d'amener Cosette.

— Christi! dit le Thénardier, ne lâchons pas l'enfant.

Cependant Fantine ne se rétablissait point. Elle était toujours à l'infirmerie.

Les sœurs n'avaient d'abord reçu et soigné « cette fille » qu'avec répugnance. Qui a vu les bas-reliefs de Reims se souvient du gonflement de la lèvre inférieure des vierges sages regardant les vierges folles. Cet antique mépris des vestales pour les ambubaïes est un des plus profonds instincts de la dignité féminine ; les sœurs l'avaient éprouvé, avec le redoublement qu'ajoute la religion. Mais en peu de jours, Fantine les avait désarmées. Elle avait toutes sortes de paroles humbles et douces, et la mère qui était en elle attendrissait. Un jour les sœurs l'entendirent qui disait à travers la fièvre : — J'ai été une pécheresse, mais quand j'aurai mon enfant près de moi, cela voudra dire que Dieu m'a pardonné. Pendant que j'étais dans le mal, je n'aurais pas voulu avoir ma Cosette avec moi, je n'aurais pas pu supporter ses yeux étonnés et tristes. C'était pour elle pourtant que je faisais le mal, et c'est ce qui fait que Dieu me pardonne. Je sentirai la bénédiction du bon Dieu quand Cosette sera ici. Je la regarderai, cela me fera du bien de voir cette innocente. Elle ne sait rien du

tout. C'est un ange, voyez-vous, mes sœurs. A cet
âge-là, les ailes, ça n'est pas encore tombé.

M. Madeleine l'allait voir deux fois par jour, et
chaque fois elle lui demandait :

— Verrai-je bientôt ma Cosette?

Il lui répondait :

— Peut-être demain matin. D'un moment à
l'autre elle arrivera, je l'attends.

Et le visage pâle de la mère rayonnait.

— Oh! disait-elle, comme je vais être heureuse !

Nous venons de dire qu'elle ne se rétablissait
pas. Au contraire, son état semblait s'aggraver de
semaine en semaine. Cette poignée de neige appli-
quée à nu sur la peau entre les deux omoplates
avait déterminé une suppression subite de transpi-
ration à la suite de laquelle la maladie qu'elle cou-
vait depuis plusieurs années finit par se déclarer
violemment. On commençait alors à suivre pour
l'étude et le traitement des maladies de poitrine
les belles indications de Laënnec. Le médecin
ausculta la Fantine et hocha la tête.

M. Madeleine dit au médecin :

— Eh bien?

— N'a-t-elle pas un enfant qu'elle désire voir ? dit le médecin.

— Oui.

— Eh bien, hâtez-vous de le faire venir.

M. Madeleine eut un tressaillement.

Fantine lui demanda :

— Qu'a dit le médecin ?

M. Madeleine s'efforça de sourire.

— Il a dit de faire venir bien vite votre enfant. Que cela vous rendra la santé.

— Oh ! reprit-elle, il a raison ! mais qu'est-ce qu'ils ont donc ces Thénardier à me garder ma Cosette ! Oh ! elle va venir. Voici enfin que je vois le bonheur tout près de moi !

Le Thénardier cependant ne « lâchait pas l'enfant » et donnait cent mauvaises raisons. Cosette était un peu souffrante pour se mettre en route l'hiver. Et puis il y avait un reste de petites dettes criardes dans le pays dont il rassemblait les factures, etc., etc.

— J'enverrai quelqu'un chercher Cosette ! dit le père Madeleine. S'il le faut, j'irai moi-même.

Il écrivit sous la dictée de Fantine cette lettre qu'il lui fit signer :

« Monsieur Thénardier,

« Vous remettrez Cosette à la personne.

« On vous payera toutes les petites choses.

« J'ai l'honneur de vous saluer avec considé-
« ration.

« FANTINE. »

Sur ces entrefaites, il survint un grave incident.
Nous avons beau tailler de notre mieux le bloc
mystérieux dont notre vie est faite, la veine noire
de la destinée y reparaît toujours.

COMMENT JEAN PEUT DEVENIR CHAMP

Un matin, M. Madeleine était dans son cabinet, occupé à régler d'avance quelques affaires pressantes de la mairie pour le cas où il se déciderait à ce voyage de Montfermeil, lorsqu'on vint lui dire que l'inspecteur de police Javert demandait à lui parler. En entendant prononcer ce nom, M. Madeleine ne put se défendre d'une impression désa-

gréable. Depuis l'aventure du bureau de police,
Javert l'avait plus que jamais évité, et M. Madeleine ne l'avait point revu.

— Faites entrer, dit-il.

Javert entra.

M. Madeleine était resté assis près de la cheminée, une plume à la main, l'œil sur un dossier
qu'il feuilletait et qu'il annotait, et qui contenait
des procès-verbaux de contraventions à la police
de la voirie. Il ne se dérangea point pour Javert.
Il ne pouvait s'empêcher de songer à la pauvre
Fantine, et il lui convenait d'être glacial.

Javert salua respectueusement M. le maire qui
lui tournait le dos. M. le maire ne le regarda pas
et continua d'annoter son dossier.

Javert fit deux ou trois pas dans le cabinet, et
s'arrêta sans rompre le silence.

Un physionomiste qui eût été familier avec la
nature de Javert, qui eût étudié depuis longtemps
ce sauvage au service de la civilisation, ce composé
bizarre du romain, du spartiate, du moine et du
caporal, cet espion incapable d'un mensonge, ce
mouchard vierge, un physionomiste qui eût su sa
secrète et ancienne aversion pour M. Madeleine,

son conflit avec le maire au sujet de la Fantine, et
qui eût considéré Javert en ce moment, se fût dit :
que s'est-il passé? Il était évident, pour qui eût
connu cette conscience droite, claire, sincère,
probe, austère et féroce, que Javert sortait de
quelque grand événement intérieur. Javert n'avait
rien dans l'âme qu'il ne l'eût aussi sur le visage.
Il était, comme les gens violents, sujet aux revire-
ments brusques. Jamais sa physionomie n'avait été
plus étrange et plus inattendue. En entrant, il
s'était incliné devant M. Madeleine avec un regard
où il n'y avait ni rancune, ni colère, ni défiance, il
s'était arrêté à quelques pas derrière le fauteuil du
maire; et maintenant il se tenait là, debout, dans
une attitude presque disciplinaire, avec la rudesse
naïve et froide d'un homme qui n'a jamais été doux
et qui a toujours été patient; il attendait, sans dire
un mot, sans faire un mouvement, dans une humi-
lité vraie et dans une résignation tranquille, qu'il
plût à monsieur le maire de se retourner, calme,
sérieux, le chapeau à la main, les yeux baissés, avec une expression qui tenait le milieu
entre le soldat devant son officier et le coupable
devant son juge. Tous les sentiments comme tous

les souvenirs qu'on eût pu lui supposer avaient
disparu. Il n'y avait plus rien sur ce visage impénétrable et simple comme le granit, qu'une morne
tristesse. Toute sa personne respirait l'abaissement
et la fermeté, et je ne sais quel accablement courageux.

Enfin M. le maire posa sa plume et se tourna à
demi :

— Eh bien ! qu'est-ce? qu'y a-t-il, Javert?

Javert demeura un instant silencieux comme s'il
se recueillait, puis éleva la voix avec une sorte
de solennité triste qui n'excluait pourtant pas la
simplicité.

— Il y a, monsieur le maire, qu'un acte coupable a été commis.

— Quel acte?

— Un agent inférieur de l'autorité a manqué de
respect à un magistrat de la façon la plus grave.
Je viens, comme c'est mon devoir, porter le fait à
votre connaissance.

— Quel est cet agent? demanda M. Madeleine.

— Moi, dit Javert.

— Vous?

— Moi.

— Et quel est le magistrat qui aurait à se plaindre de l'agent?

— Vous, monsieur le maire.

M. Madeleine se dressa sur son fauteuil. Javert poursuivit, l'air sévère et les yeux toujours baissés.

— Monsieur le maire, je viens vous prier de vouloir bien provoquer près de l'autorité ma destitution.

M. Madeleine stupéfait ouvrit la bouche. Javert l'interrompit.

— Vous direz, j'aurais pu donner ma démission, mais cela ne suffit pas. Donner sa démission, c'est honorable. J'ai failli, je dois être puni. Il faut que je sois chassé.

Et après une pause, il ajouta :

— Monsieur le maire, vous avez été sévère pour moi l'autre jour injustement. Soyez-le aujourd'hui justement.

— Ah çà! pourquoi? s'écria M. Madeleine. Quel est ce galimatias? qu'est-ce que cela veut dire? où y a-t-il un acte coupable commis contre moi par vous? qu'est-ce que vous m'avez fait? quels torts avez-vous envers moi? vous vous accusez, vous voulez être remplacé...

— Chassé, dit Javert.

— Chassé, soit. C'est fort bien. Je ne comprends pas.

— Vous allez comprendre, monsieur le maire.

Javert soupira du fond de sa poitrine et reprit toujours froidement et tristement :

— Monsieur le maire, il y a six semaines, à la suite de cette scène pour cette fille, j'étais furieux, je vous ai dénoncé.

— Dénoncé !

— A la préfecture de police de Paris.

M. Madeleine, qui ne riait pas beaucoup plus souvent que Javert, se mit à rire :

— Comme maire ayant empiété sur la police ?

— Comme ancien forçat.

Le maire devint livide.

Javert, qui n'avait pas levé les yeux, continua :

— Je le croyais. Depuis longtemps j'avais des idées. Une ressemblance, des renseignements que vous avez fait prendre à Faverolles, votre force des reins, l'aventure du vieux Fauchelevent, votre adresse au tir, votre jambe qui traîne un peu, est-ce que je sais, moi ? des bêtises ! mais enfin je vous prenais pour un nommé Jean Valjean.

—Un nommé?... Comment dites-vous ce nom-là?

— Jean Valjean. C'est un forçat que j'avais vu il y a vingt ans quand j'étais adjudant-garde-chiourme à Toulon. En sortant du bagne, ce Jean Valjean avait, à ce qu'il paraît, volé chez un évèque, puis il avait commis un autre vol à main armée dans un chemin public sur un petit savoyard. Depuis huit ans il s'était dérobé, on ne sait comment, et on le cherchait. Moi je m'étais figuré...

— Enfin j'ai fait cette chose! La colère m'a décidé, je vous ai dénoncé à la préfecture.

M. Madeleine, qui avait ressaisi le dossier depuis quelques instants, reprit avec un accent de parfaite indifférence :

— Et que vous a-t-on répondu?

— Que j'étais fou.

— Eh bien?

— Eh bien, on avait raison.

— C'est heureux que vous le reconnaissiez!

— Il faut bien, puisque le véritable Jean Valjean est trouvé.

La feuille que tenait M. Madeleine lui échappa des mains, il leva la tête, regarda fixement Javert et dit avec un accent inexprimable :

— Ah!

Javert poursuivit :

— Voilà ce que c'est, monsieur le maire. Il paraît qu'il y avait dans le pays, du côté d'Ailly-le-Haut-Clocher, une espèce de bonhomme qu'on appelait le père Champmathieu. C'était très-misérable. On n'y faisait pas attention. Ces gens-là, on ne sait pas de quoi cela vit. Dernièrement, cet automne, le père Champmathieu a été arrêté pour un vol de pommes à cidre, commis chez... — Enfin n'importe! il y a eu vol, mur escaladé, branches de l'arbre cassées. On a arrêté mon Champmathieu. Il avait encore la branche de pommier à la main. On coffre le drôle. Jusqu'ici ce n'est pas beaucoup plus qu'une affaire correctionnelle. Mais voici qui est de la providence. La geôle étant en mauvais état, monsieur le juge d'instruction trouve à propos de faire transférer Champmathieu à Arras où est la prison départementale. Dans cette prison d'Arras, il y a un ancien forçat nommé Brevet qui est détenu pour je ne sais quoi et qu'on a fait guichetier de chambrée parce qu'il se conduit bien. Monsieur le maire, Champmathieu n'est pas plus tôt débarqué que voilà Brevet qui s'écrie : Eh, mais!

je connais cet homme-là. C'est un fagot (*). Re-
gardez-moi donc, bonhomme ! Vous êtes Jean Valjean ! — Jean Valjean ! qui ça Jean Valjean ? Le
Champmathieu joue l'étonné. — Ne fais donc pas
le sinvre, dit Brevet. Tu es Jean Valjean ! Tu as
été au bagne de Toulon. Il y a vingt ans. Nous y
étions ensemble. — Le Champmathieu nie. Parbleu !
Vous comprenez. On approfondit. On me fouille
cette aventure-là. Voici ce qu'on trouve : ce Champmathieu, il y a une trentaine d'années, a été ouvrier émondeur d'arbres dans plusieurs pays,
notamment à Faverolles. Là on perd sa trace.
Longtemps après, on le revoit en Auvergne, puis
à Paris où il dit avoir été charron et avoir eu une
fille blanchisseuse, mais cela n'est pas prouvé, enfin dans ce pays-ci. Or avant d'aller au bagne pour
vol qualifié, qu'était Jean Valjean ? émondeur. Où ?
à Faverolles. Autre fait. Ce Valjean s'appelait de
son nom de baptême Jean et sa mère se nommait
de son nom de famille Mathieu. Quoi de plus naturel que de penser qu'en sortant du bagne il aura
pris le nom de sa mère pour se cacher et se sera

(*) *Fagot*, ancien forçat.

fait appeler Jean Mathieu? Il va en Auvergne. De *Jean* la prononciation du pays fait *chan,* on l'appelle Chan Mathieu. Notre homme se laisse faire et le voilà transformé en Champmathieu. Vous me suivez, n'est-ce pas? On s'informe à Faverolles. La famille de Jean Valjean n'y est plus. On ne sait plus où elle est. Vous savez, dans ces classes-là, il y a souvent de ces évanouissements d'une famille. On cherche, on ne trouve plus rien. Ces gens-là, quand ce n'est pas de la boue, c'est de la poussière. Et puis, comme le commencement de ces histoires date de trente ans, il n'y a plus personne à Faverolles qui ait connu Jean Valjean. On s'informe à Toulon. Avec Brevet, il n'y a plus que deux forçats qui aient vu Jean Valjean. Ce sont les condamnés à vie Cochepaille et Chenildieu. On les extrait du bagne et on les fait venir. On les confronte au prétendu Champmathieu. Ils n'hésitent pas. Pour eux comme pour Brevet, c'est Jean Valjean. Même âge, il a cinquante-quatre ans, même taille, même air, même homme enfin, c'est lui. C'est en ce moment-là même que j'envoyais ma dénonciation à la préfecture de Paris. On me répond que je perds l'esprit et que Jean Valjean est à Arras au pouvoir de la justice. Vous concevez si cela m'étonne, moi qui croyais tenir ici ce même Jean Valjean! J'écris à monsieur le juge d'instruction. Il me fait venir, on m'amène le Champmathieu...

— Eh bien! interrompit M. Madeleine.

Javert répondit avec son visage incorruptible et triste :

— Monsieur le maire, la vérité est la vérité. J'en suis fâché, mais c'est cet homme-là qui est Jean Valjean. Moi aussi je l'ai reconnu.

M. Madeleine reprit d'une voix très-basse :

— Vous êtes sûr?

Javert se mit à rire de ce rire douloureux qui échappe à une conviction profonde :

— Oh, sûr!

Il demeura un moment pensif, prenant machinalement des pincées de poudre de bois dans la sébile à sécher l'encre qui était sur la table, et il ajouta :

— Et même, maintenant que je vois le vrai Jean Valjean, je ne comprends pas comment j'ai pu croire autre chose. Je vous demande pardon, monsieur le maire.

En adressant cette parole suppliante et grave à celui qui, six semaines auparavant, l'avait humilié en plein corps de garde et lui avait dit : Sortez! Javert, cet homme hautain, était à son insu plein de simplicité et de dignité. M. Madeleine ne répondit à sa prière que par cette question brusque :

— Et que dit cet homme?

— Ah, dame! monsieur le maire, l'affaire est mauvaise. Si c'est Jean Valjean, il y a récidive. Enjamber un mur, casser une branche, chiper des pommes, pour un enfant, c'est une polissonnerie; pour un homme, c'est un délit; pour un forçat, c'est un crime. Escalade et vol, tout y est. Ce n'est plus la police correctionnelle, c'est la cour d'assises. Ce n'est plus quelques jours de prison, ce sont les galères à perpétuité. Et puis, il y a l'affaire du petit savoyard que j'espère bien qui reviendra. Diable! il y a de quoi se débattre, n'est-ce pas? Oui, pour un autre que Jean Valjean. Mais Jean Valjean est un sournois. C'est encore là que je le reconnais. Un autre sentirait que cela chauffe; il se démènerait, il crierait, la bouilloire chante devant le feu, il ne voudrait pas être Jean Valjean, et cætera. Lui, il n'a pas l'air de comprendre, il

dit : Je suis Champmathieu, je ne sors pas de là !
Il a l'air étonné, il fait la brute, c'est bien mieux.
Oh ! le drôle est habile ! mais c'est égal, les preuves
sont là. Il est reconnu par quatre personnes ; le
vieux coquin sera condamné. C'est porté aux
assises à Arras. Je vais y aller pour témoigner. Je
suis cité.

M. Madeleine s'était remis à son bureau, avait
ressaisi son dossier, et le feuilletait tranquillement, lisant et écrivant tour à tour comme un
homme affairé. Il se tourna vers Javert :

— Assez, Javert. Au fait, tous ces détails m'in-
téressent fort peu. Nous perdons notre temps, et
nous avons des affaires pressées. Javert, vous allez
vous rendre sur-le-champ chez la bonne femme
Buseaupied qui vend des herbes là-bas au coin de
la rue Saint-Saulve. Vous lui direz de déposer sa
plainte contre le charretier Pierre Chesnelong. Cet
homme est un brutal qui a failli écraser cette
femme et son enfant. Il faut qu'il soit puni. Vous
irez ensuite chez M. Charcellay, rue Montre-de-
Champigny. Il se plaint qu'il y a une gouttière de
la maison voisine qui verse l'eau de la pluie chez
lui, et qui affouille les fondations de sa maison.

Après vous constaterez des contraventions de police qu'on me signale rue Guibourg chez la veuve Doris, et rue du Garraud-Blanc chez madame Renée le Bossé, et vous dresserez procès-verbal. Mais je vous donne là beaucoup de besogne. N'allez-vous pas être absent? ne m'avez-vous pas dit que vous alliez à Arras pour cette affaire dans huit ou dix jours?...

— Plus tôt que cela, monsieur le maire.

— Quel jour donc?

— Mais je croyais avoir dit à monsieur le maire que cela se jugeait demain et que je partais par la diligence cette nuit.

M. Madeleine fit un mouvement imperceptible.

— Et combien de temps durera l'affaire?

— Un jour tout au plus. L'arrêt sera prononcé au plus tard demain dans la nuit. Mais je n'attendrai pas l'arrêt qui ne peut manquer; sitôt ma déposition faite, je reviendrai ici.

— C'est bon, dit M. Madeleine.

Et il congédia Javert d'un signe de main.

Javert ne s'en alla pas.

— Pardon, monsieur le maire, dit-il...

— Qu'est-ce encore? demanda M. Madeleine.

— Monsieur le maire, il me reste une chose à vous rappeler.

— Laquelle?

— C'est que je dois être destitué.

M. Madeleine se leva.

— Javert, vous êtes un homme d'honneur, et je vous estime. Vous vous exagérez votre faute. Ceci d'ailleurs est encore une offense qui me concerne. Javert, vous êtes digne de monter et non de descendre. J'entends que vous gardiez votre place.

Javert regarda M. Madeleine avec sa prunelle candide au fond de laquelle il semblait qu'on vît cette conscience peu éclairée, mais rigide et chaste, et il dit d'une voix tranquille :

— Monsieur le maire, je ne puis vous accorder cela.

— Je vous répète, répliqua M. Madeleine, que la chose me regarde.

Mais Javert, attentif à sa seule pensée, continua :

— Quant à exagérer, je n'exagère point. Voici comment je raisonne. Je vous ai soupçonné injustement. Cela, ce n'est rien. C'est notre droit à nous autres de soupçonner, quoiqu'il y ait pourtant abus à soupçonner au-dessus de soi. Mais, sans preuves, dans un accès de colère, dans le but de me venger, je vous ai dénoncé comme forçat, vous, un homme respectable, un maire, un magistrat! ceci est grave, très-grave. J'ai offensé l'autorité dans votre personne, moi, agent de l'autorité! Si l'un de mes subordonnés avait fait ce que j'ai fait, je l'aurais déclaré indigne du service et chassé. Eh bien? — Tenez, monsieur le maire, encore un mot. J'ai souvent été sévère dans ma vie. Pour les autres. C'était juste. Je faisais bien. Maintenant, si je n'étais pas sévère pour moi, tout ce que j'ai fait de juste deviendrait injuste. Est-ce que je dois m'épargner plus que les autres? Non. Quoi! je n'aurais été bon qu'à châtier autrui et pas moi! mais je serais un misérable! mais ceux qui disent : ce gueux de Javert! auraient raison! Monsieur le maire, je ne souhaite pas que vous me traitiez avec bonté, votre bonté m'a fait faire assez de mauvais sang quand elle était pour les autres, je n'en veux pas pour moi. La bonté qui consiste à donner raison à la fille publique contre le bourgeois, à l'agent de police contre le maire, à celui qui est en bas contre celui qui est en haut, c'est ce que j'appelle de la mauvaise bonté. C'est avec cette bonté-là que la société se désorganise. Mon Dieu! c'est bien facile d'être bon, le malaisé c'est d'être juste. Allez! si vous aviez été ce que je croyais, je n'aurais pas été bon pour vous, moi! vous auriez vu! Monsieur le maire, je dois me traiter comme je traiterais tout autre. Quand je réprimais des malfaiteurs, quand je sévissais sur des gredins, je me suis souvent dit à moi-même : toi, si tu bronches, si jamais je te prends en faute, sois tranquille! — J'ai bronché, je me prends en faute, tant pis! Allons, renvoyé, cassé, chassé! c'est bon. J'ai des bras, je travaillerai à la terre, cela m'est égal. Monsieur le maire, le bien du service veut un exemple. Je demande simplement la destitution de l'inspecteur Javert.

Tout cela était prononcé d'un accent humble, fier, désespéré et convaincu qui donnait je ne sais quelle grandeur bizarre à cet étrange honnête homme.

— Nous verrons, fit M. Madeleine.

Et il lui tendit la main.

Javert recula, et dit d'un ton farouche :

— Pardon, monsieur le maire, mais cela ne doit pas être. Un maire ne donne pas la main à un mouchard.

Il ajouta entre ses dents :

— Mouchard, oui ; du moment où j'ai mésusé de la police, je ne suis plus qu'un mouchard.

Puis il salua profondément, et se dirigea vers la porte.

Là il se retourna, et les yeux toujours baissés :

— Monsieur le maire, dit-il, je continuerai le service jusqu'à ce que je sois remplacé.

Il sortit. M. Madeleine resta rêveur, écoutant ce pas ferme et assuré qui s'éloignait sur le pavé du corridor.

LIVRE SEPTIÈME

L'AFFAIRE CHAMPMATHIEU

I

LA SŒUR SIMPLICE

Les incidents qu'on va lire n'ont pas tous été connus à M. — sur M. —. Mais le peu qui en a percé a laissé dans cette ville un tel souvenir, que ce serait une grave lacune dans ce livre si nous ne les racontions dans leurs moindres détails.

Dans ces détails, le lecteur rencontrera deux ou trois circonstances invraisemblables que nous maintenons par respect pour la vérité.

Dans l'après-midi qui suivit la visite de Javert, M. Madeleine alla voir la Fantine comme d'habitude.

Avant de pénétrer près de Fantine, il fit demander la sœur Simplice.

Les deux religieuses qui faisaient le service de l'infirmerie, dames lazaristes comme toutes les sœurs de charité, s'appelaient sœur Perpétue et sœur Simplice.

La sœur Perpétue était la première villageoise venue, grossièrement sœur de charité, entrée chez Dieu comme on entre en place. Elle était religieuse comme on est cuisinière. Ce type n'est point très-rare. Les ordres monastiques acceptent volontiers cette lourde poterie paysanne, aisément façonnée en capucin ou en ursuline. Ces rusticités s'utilisent pour les grosses besognes de la dévotion. La transition d'un bouvier à un carme n'a rien de heurté; l'un devient l'autre sans grand travail; le fond commun d'ignorance du village et du cloître est une préparation toute faite, et met tout de suite le campagnard de plain-pied avec le moine. Un peu d'ampleur au sarrau, et voilà un froc. La sœur Perpétue était une forte religieuse, de Marines près Pontoise, patoisant, psalmodiant, bougonnant, sucrant la tisane selon le bigotisme ou l'hypocrisie du grabataire, brusquant les malades, bourrue avec les mourants, leur jetant presque Dieu au visage, lapidant l'agonie avec des prières en colère, hardie, honnête et rougeaude.

La sœur Simplice était blanche d'une blancheur de cire. Près de sœur Perpétue, c'était le cierge à côté de la chandelle. Vincent de Paul a divinement fixé la figure de la sœur de charité dans ces admirables paroles où il mêle tant de liberté à tant de servitude : « Elles n'auront pour monastère que la « maison des malades, pour cellule qu'une chambre « de louage, pour chapelle que l'église de leur pa- « roisse, pour cloître que les rues de la ville ou les « salles des hôpitaux, pour clôture que l'obéissance, « pour grille que la crainte de Dieu, pour voile que « la modestie. » Cet idéal était vivant dans la sœur Simplice. Personne n'eût pu dire l'âge de la sœur Simplice ; elle n'avait jamais été jeune, et semblait ne devoir jamais être vieille. C'était une personne, — nous n'osons dire une femme, — douce, austère, de bonne compagnie, froide, et qui n'avait jamais menti. Elle était si douce qu'elle paraissait

fragile; plus solide d'ailleurs que le granit. Elle
touchait aux malheureux avec de charmants doigts
fins et purs. Il y avait, pour ainsi dire, du silence
dans sa parole ; elle parlait juste le nécessaire, et.
elle avait un son de voix qui eût tout à la fois édifié
un confessionnal et enchanté un salon. Cette déli-
catesse s'accommodait de la robe de bure, trouvant à ce rude contact un rappel continuel du ciel
et de Dieu. Insistons sur un détail. N'avoir jamais
menti, n'avoir jamais dit, pour un intérêt quelconque, même indifféremment, une chose qui ne fût
la vérité, la sainte vérité, c'était le trait distinctif
de la sœur Simplice; c'était l'accent de sa vertu.
Elle était presque célèbre dans la congrégation pour
cette véracité imperturbable. L'abbé Sicard parle
de la sœur Simplice dans une lettre au sourd-muet
Massieu. Si sincères et si purs que nous soyons,
nous avons tous sur notre candeur la fêlure du petit
mensonge innocent. Elle point. Petit mensonge,
mensonge innocent, est-ce que cela existe? Mentir,
c'est l'absolu du mal. Peu mentir n'est pas possible; celui qui ment, ment tout le mensonge;
mentir, c'est la face même du démon; Satan a
deux noms, il s'appelle Satan et il s'appelle Men-

songe. Voilà ce qu'elle pensait. Et comme elle
pensait, elle pratiquait. Il en résultait cette blancheur dont nous avons parlé, blancheur qui couvrait de son rayonnement même ses lèvres et ses
yeux. Son sourire était blanc, son regard était
blanc. Il n'y avait pas une toile d'araignée, pas
un grain de poussière à la vitre de cette conscience.
En entrant dans l'obédience de saint Vincent de
Paul, elle avait pris le nom de Simplice par choix
spécial. Simplice de Sicile, on le sait, est cette
sainte qui aima mieux se laisser arracher les deux
seins que de répondre, étant née à Syracuse, qu'elle
était née à Ségeste, mensonge qui la sauvait. Cette
patronne convenait à cette âme.

La sœur Simplice, en entrant dans l'ordre, avait
deux défauts dont elle s'était peu à peu corrigée;
elle avait eu le goût des friandises et elle avait
aimé à recevoir des lettres. Elle ne lisait jamais
qu'un livre de prières en gros caractères et en latin.
Elle ne comprenait pas le latin, mais elle comprenait le livre.

La pieuse fille avait pris en affection Fantine, y
sentant probablement de la vertu latente, et s'était
dévouée à la soigner presque exclusivement.

M. Madeleine emmena à part la sœur Simplice et lui recommanda Fantine avec un accent singulier dont la sœur se souvint plus tard.

En quittant la sœur, il s'approcha de Fantine.

Fantine attendait chaque jour l'apparition de M. Madeleine comme on attend un rayon de chaleur et de joie. Elle disait aux sœurs : — Je ne vis que lorsque monsieur le maire est là.

Elle avait ce jour-là beaucoup de fièvre. Dès qu'elle vit M. Madeleine, elle lui demanda :

— Et Cosette?

Il répondit en souriant :

— Bientôt.

M. Madeleine fut avec Fantine comme à l'ordinaire. Seulement il resta une heure au lieu d'une demi-heure, au grand contentement de Fantine. Il fit mille instances à tout le monde pour que rien ne manquât à la malade. On remarqua qu'il y eut un moment où son visage devint très-sombre. Mais cela s'expliqua quand on sut que le médecin s'était penché à son oreille et lui avait dit : — Elle baisse beaucoup.

Puis il rentra à la mairie, et le garçon de bu-

reau le vit examiner avec attention une carte rou-
tière de France qui était suspendue dans son
cabinet. Il écrivit quelques chiffres au crayon sur
un papier.

II

PERSPICACITÉ DE MAITRE SCAUFFLAIRE.

De la mairie il se rendit au bout de la ville chez un Flamand, maître Scaufflaer, francisé Scaufflaire, qui louait des chevaux et des « cabriolets à volonté. »

Pour aller chez ce Scaufflaire, le plus court était de prendre une rue peu fréquentée où était le presbytère de la paroisse que M. Madeleine habitait. Le curé était, disait-on, un homme digne et respectable et de bon conseil. A l'instant où M. Madeleine arriva devant le presbytère, il n'y avait dans la rue qu'un passant, et ce passant remarqua ceci : M. le maire, après avoir dépassé la maison curiale, s'arrêta, demeura immobile, puis revint sur ses pas et rebroussa chemin jusqu'à la porte du presbytère, qui était une porte bâtarde avec marteau de fer. Il mit vivement la main au marteau, et le souleva; puis il s'arrêta de nouveau, et resta court, et comme pensif, et, après quelques secondes, au lieu de laisser brusquement retomber le marteau, il le reposa doucement, et reprit son chemin avec une sorte de hâte qu'il n'avait pas auparavant.

M. Madeleine trouva maître Scaufflaire chez lui occupé à repiquer un harnais.

— Maître Scaufflaire, demanda-t-il, avez-vous un bon cheval?

— Monsieur le maire, dit le Flamand, tous mes chevaux sont bons. Qu'entendez-vous par un bon cheval?

— J'entends un cheval qui puisse faire vingt lieues en un jour.

— Diable! fit le Flamand, vingt lieues!

— Oui.

— Attelé à un cabriolet?

— Oui.

— Et combien de temps se reposera-t-il après la course?

— Il faut qu'il puisse au besoin repartir le lendemain.

— Pour refaire le même trajet?

— Oui.

— Diable! diable! et c'est vingt lieues?

M. Madeleine tira de sa poche le papier où il avait crayonné des chiffres. Il les montra au Flamand. C'étaient les chiffres 5, 6, 8 1/2.

— Vous voyez, dit-il. Total, dix-neuf et demi, autant dire vingt lieues.

— Monsieur le maire, reprit le Flamand, j'ai votre affaire. Mon petit cheval blanc, vous avez dû le voir passer quelquefois, c'est une petite bête du Bas-Boulonnais. C'est plein de feu. On a voulu d'abord en faire un cheval de selle. Bah! il ruait, il flanquait tout le monde par terre. On le croyait vicieux, on ne savait qu'en faire. Je l'ai acheté. Je l'ai mis au cabriolet. Monsieur, c'est cela qu'il voulait; il est doux comme une fille, il va le vent. Ah !

par exemple, il ne faudrait pas lui monter sur le dos. Ce n'est pas son idée d'être cheval de selle. Chacun a son ambition. Tirer, oui; porter, non; il faut croire qu'il s'est dit ça.

— Et il fera la course?

— Vos vingt lieues, toujours grand trot, et en moins de huit heures. Mais voici à quelles conditions.

— Dites.

— Premièrement, vous le ferez souffler une heure à moitié chemin; il mangera, et on sera là pendant qu'il mangera pour empêcher le garçon de l'auberge de lui voler son avoine; car j'ai remarqué que dans les auberges l'avoine est plus souvent bue par les garçons d'écurie que mangée par les chevaux.

— On sera là.

— Deuxièmement... est-ce pour monsieur le maire le cabriolet?

— Oui.

— Monsieur le maire sait conduire?

— Oui.

— Eh bien, monsieur le maire voyagera seul et sans bagage afin de ne point charger le cheval.

— Convenu.

— Mais monsieur le maire, n'ayant personne avec lui, sera obligé de prendre la peine de surveiller lui-même l'avoine.

— C'est dit.

— Il me faudra trente francs par jour. Les jours de repos payés. Pas un liard de moins et la nourriture de la bête à la charge de monsieur le maire.

M. Madeleine tira trois napoléons de sa bourse et les mit sur la table.

— Voilà deux jours d'avance.

— Quatrièmement, pour une course pareille, un cabriolet serait trop lourd et fatiguerait le cheval. Il faudrait que monsieur le maire consentît à voyager dans un petit tilbury que j'ai.

— J'y consens.

— C'est léger, mais c'est découvert.

— Cela m'est égal.

— Monsieur le maire a-t-il réfléchi que nous sommes en hiver ?...

M. Madeleine ne répondit pas; le Flamand reprit :

— Qu'il fait très-froid ?

M. Madeleine garda le silence.

Maître Scaufflaire continua :

— Qu'il peut pleuvoir?

M. Madeleine leva la tête et dit :

— Le tilbury et le cheval seront devant ma porte demain à quatre heures et demie du matin.

— C'est entendu, monsieur le maire, répondit Scaufflaire, puis grattant avec l'ongle de son pouce une tache qui était dans le bois de la table, il reprit de cet air insouciant que les Flamands savent si bien mêler à leur finesse :

— Mais voilà que j'y songe à présent! monsieur le maire ne me dit pas où il va. Où est-ce que va monsieur le maire ?

Il ne songeait pas à autre chose depuis le commencement de la conversation, mais il ne savait pourquoi il n'avait pas osé faire cette question.

— Votre cheval a-t-il de bonnes jambes de devant ? dit M. Madeleine.

— Oui, monsieur le maire. Vous le soutiendrez un peu dans les descentes. Y a-t-il beaucoup de descentes d'ici où vous allez?

— N'oubliez pas d'être à ma porte à quatre

heures et demie du matin très-précises, répondit
M. Madeleine, et il sortit.

Le Flamand resta « tout bête, » comme il disait
lui-même quelque temps après.

M. le maire était sorti depuis deux ou trois
minutes, lorsque la porte se rouvrit; c'était M. le
maire.

Il avait toujours le même air impassible et préoccupé.

— Monsieur Scaufflaire, dit-il, à quelle somme
estimez-vous le cheval et le tilbury que vous me
louerez, l'un portant l'autre ?

— L'un traînant l'autre, monsieur le maire, dit
le Flamand avec un gros rire.

— Soit. Eh bien ?

— Est-ce que monsieur le maire veut me les
acheter ?

— Non, mais à tout événement, je veux vous les
garantir. A mon retour vous me rendrez la somme.
A combien estimez-vous cabriolet et cheval ?

— A cinq cents francs, monsieur le maire.

— Les voici.

M. Madeleine posa un billet de banque sur la
table, puis sortit et cette fois ne rentra plus.

Maître Scaufflaire regretta affreusement de
n'avoir point dit mille francs. Du reste le cheval et
le tilbury, en bloc, valaient cent écus.

Le Flamand appela sa femme, et lui conta la
chose. Où diable monsieur le maire peut-il aller ?
Ils tinrent conseil. — Il va à Paris, dit la femme.
— Je ne crois pas, dit le mari. M. Madeleine avait
oublié sur la cheminée le papier où il avait tracé des
chiffres. Le Flamand le prit et l'étudia. — Cinq,
six, huit et demi ? cela doit marquer des relais de
poste. Il se tourna vers sa femme : — J'ai trouvé.
— Comment ? — Il y a cinq lieues d'ici à Hesdin,
six de Hesdin à Saint-Pol, huit et demie de Saint-
Pol à Arras. Il va à Arras.

Cependant M. Madeleine était rentré chez lui.
Pour revenir de chez maître Scaufflaire, il avait
pris le plus long, comme si la porte du presbytère avait été pour lui une tentation, et qu'il eût
voulu l'éviter. Il était monté dans sa chambre et
s'y était enfermé, ce qui n'avait rien que de simple,
car il se couchait volontiers de bonne heure. Pourtant la concierge de la fabrique, qui était en même
temps l'unique servante de M. Madeleine, observa
que sa lumière s'éteignit à huit heures et demie,

et elle le dit au caissier qui rentrait, en ajoutant :

— Est-ce que monsieur le maire est malade? je lui ai trouvé l'air un peu singulier.

Ce caissier habitait une chambre située précisément au-dessous de la chambre de M. Madeleine. Il ne prit point garde aux paroles de la portière, se coucha et s'endormit. Vers minuit, il se réveilla brusquement; il avait entendu à travers son sommeil un bruit au-dessus de sa tête. Il écouta. C'était un pas qui allait et venait, comme si l'on marchait dans la chambre en haut. Il écouta plus attentivement, et reconnut le pas de M. Madeleine. Cela lui parut étrange; habituellement aucun bruit ne se faisait dans la chambre de M. Madeleine avant l'heure de son lever. Un moment après, le caissier entendit quelque chose qui ressemblait à une armoire qu'on ouvre et qu'on referme. Puis on dérangea un meuble, il y eut un silence, et le pas recommença. Le caissier se dressa sur son séant, s'éveilla tout à fait, regarda, et à travers les vitres de sa croisée aperçut sur le mur d'en face la réverbération rougeâtre d'une fenêtre éclairée. A la direction des rayons, ce ne pouvait être que la fenêtre de la chambre de M. Madeleine. La ré-

verbération tremblait comme si elle venait plutôt
d'un feu allumé que d'une lumière. L'ombre des
châssis vitrés ne s'y dessinait pas, ce qui indiquait
que la fenêtre était toute grande ouverte. Par le
froid qu'il faisait, cette fenêtre ouverte était sur-
prenante. Le caissier se rendormit. Une heure ou
deux heures après, il se réveilla encore. Le même
pas, lent et régulier, allait et venait toujours au-
dessus de sa tête.

La réverbération se dessinait toujours sur le
mur, mais elle était maintenant pâle et paisible
comme le reflet d'une lampe ou d'une bougie. La
fenêtre était toujours ouverte.

Voici ce qui se passait dans la chambre de
M. Madeleine.

III

UNE TEMPÊTE SOUS UN CRANE

Le lecteur a sans doute deviné que M. Madeleine n'est autre que Jean Valjean.

Nous avons déjà regardé dans les profondeurs de cette conscience; le moment est venu d'y regarder encore. Nous ne le faisons pas sans émotion et sans tremblement. Il n'existe rien de plus terrifiant que cette sorte de contemplation. L'œil de l'esprit ne peut trouver nulle part plus d'éblouissements ni plus de ténèbres que dans l'homme; il ne peut se fixer sur aucune chose qui soit plus redoutable, plus compliquée, plus mystérieuse et plus infinie. Il y a un spectacle plus grand que la mer, c'est le ciel; il y a un spectacle plus grand que le ciel, c'est l'intérieur de l'âme.

Faire le poème de la conscience humaine, ne fût-ce qu'à propos d'un seul homme, ne fût-ce qu'à propos du plus infime des hommes, ce serait fondre toutes les épopées dans une épopée supérieure et définitive. La conscience, c'est le chaos des chimères, des convoitises et des tentatives, la fournaise des rêves, l'antre des idées dont on a honte; c'est le pandémonium des sophismes, c'est le champ de bataille des passions. A de certaines heures, pénétrez à travers la face livide d'un être humain qui réfléchit et regardez derrière, regardez dans cette âme, regardez dans cette obscurité. Il y a là, sous le silence extérieur, des combats de géants comme dans Homère, des mêlées de dragons et d'hydres et des nuées de fantômes comme dans Milton, des spirales visionnaires comme chez Dante. Chose sombre que cet infini que tout homme porte en soi et auquel il mesure avec désespoir les volontés de son cerveau et les actions de sa vie !

Alighieri rencontra un jour une sinistre porte devant laquelle il hésita. En voici une aussi devant nous, au seuil de laquelle nous hésitons. Entrons pourtant.

Nous n'avons que peu de chose à ajouter à ce que le lecteur connaît déjà de ce qui était arrivé à Jean Valjean depuis l'aventure de Petit-Gervais. A partir de ce moment, on l'a vu, il fut un autre homme. Ce que l'évêque avait voulu faire de lui, il l'exécuta. Ce fut plus qu'une transformation, ce fut une transfiguration.

Il réussit à disparaître, vendit l'argenterie de l'évêque, ne gardant que les flambeaux, comme souvenir, se glissa de ville en ville, traversa la France, vint à M. — sur M. —, eut l'idée que nous avons dite, accomplit ce que nous avons raconté, parvint à se faire insaisissable et inaccessible, et désormais, établi à M. — sur M. —, heureux de sentir sa conscience attristée par son passé et la première moitié de son existence démentie par la dernière, il vécut paisible, rassuré et espérant, n'ayant plus que deux pensées : cacher son nom et sanctifier sa vie ; échapper aux hommes et revenir à Dieu.

Ces deux pensées étaient si étroitement mêlées dans son esprit qu'elles n'en formaient qu'une seule ; elles étaient toutes deux également absorbantes et impérieuses, et dominaient ses moindres actions. D'ordinaire elles étaient d'accord pour régler la conduite de sa vie ; elles le tournaient vers l'ombre ; elles le faisaient bienveillant et simple ; elles lui conseillaient les mêmes choses. Quelquefois cependant il y avait conflit entre elles. Dans ce cas-là, on s'en souvient, l'homme que tout le pays de M. — sur M. — appelait M. Madeleine, ne balançait pas à sacrifier la première à la seconde, sa sécurité à sa vertu. Ainsi, en dépit de toute réserve et de toute prudence, il avait gardé les chandeliers de l'évêque, porté son deuil, appelé et interrogé tous les petits savoyards qui passaient, pris des renseignements sur les familles de Faverolles, et sauvé la vie au vieux Fauchelevent, malgré les inquiétantes insinuations de Javert. Il semblait, nous l'avons déjà remarqué, qu'il pensât, à l'exemple de tous ceux qui ont été sages, saints et justes, que son premier devoir n'était pas envers lui.

Toutefois, il faut le dire, jamais rien de pareil ne s'était encore présenté.

Jamais les deux idées qui gouvernaient le malheureux homme dont nous racontons les souffrances
n'avaient engagé une lutte si sérieuse. Il le comprit confusément, mais profondément, dès les premières paroles que prononça Javert, en entrant
dans son cabinet. Au moment où fut si étrangement articulé ce nom qu'il avait enseveli sous tant
d'épaisseurs, il fut saisi de stupeur et comme eni-
vré par la sinistre bizarrerie de sa destinée, et, à
travers cette stupeur, il eut ce tressaillement qui
précède les grandes secousses ; il se courba comme
un chêne à l'approche d'un orage, comme un
soldat à l'approche d'un assaut. Il sentit venir sur
sa tête des ombres pleines de foudres et d'éclairs.
Tout en écoutant Javert, il eut une première pensée
d'aller, de courir, de se dénoncer, de tirer ce
Champmathieu de prison et de s'y mettre ; cela
fut douloureux et poignant comme une incision dans
la chair vive, puis cela passa, et il se dit : Voyons !
voyons ! — Il réprima ce premier mouvement
généreux et recula devant l'héroïsme.

Sans doute il serait beau qu'après les saintes
paroles de l'évêque, après tant d'années de repen-
tir et d'abnégation, au milieu d'une pénitence ad-

mirablement commencée, cet homme, même en
présence d'une si terrible conjoncture, n'eût pas
bronché un instant et eût continué de marcher du
même pas vers ce précipice ouvert au fond duquel
était le ciel; cela serait beau, mais cela ne fut pas
ainsi. Il faut bien que nous rendions compte des
choses qui s'accomplissaient dans cette âme, et
nous ne pouvons dire que ce qui y était. Ce qui
l'emporta tout d'abord, ce fut l'instinct de la con-
servation; il rallia en hâte ses idées, étouffa ses
émotions, considéra la présence de Javert, ce
grand péril, ajourna toute résolution avec la fermeté
de l'épouvante, s'étourdit sur ce qu'il y avait à
faire, et reprit son calme comme un lutteur ramasse
son bouclier.

Le reste de la journée il fut dans cet état, un
tourbillon au dedans, une tranquillité profonde au
dehors; il ne prit que ce qu'on pourrait appeler
« les mesures conservatoires. » Tout était encore
confus et se heurtait dans son cerveau; le trouble
y était tel qu'il ne voyait distinctement la forme
d'aucune idée; et lui-même n'aurait pu rien dire de
lui-même, si ce n'est qu'il venait de recevoir un
grand coup. Il se rendit comme d'habitude près

du lit de douleur de Fantine et prolongea sa visite.
par un instinct de bonté, se disant qu'il fallait agir
ainsi et la bien recommander aux sœurs pour le
cas où il arriverait qu'il eût à s'absenter. Il senti‘
vaguement qu'il faudrait peut-être aller à Arras ;
et, sans être le moins du monde décidé à ce
voyage, il se dit qu'à l'abri de tout soupçon comme
il l'était, il n'y avait point d'inconvénient à être
témoin de ce qui se passerait, et il retint le tilbury
de Scaufflaire, afin d'être préparé à tout événement.

Il dîna avec assez d'appétit.

Rentré dans sa chambre il se recueillit.

Il examina la situation et la trouva inouïe ; tellement inouïe qu'au milieu de sa rêverie, par je ne
sais quelle impulsion d'anxiété presque inexpli-
cable, il se leva de sa chaise et ferma sa porte au
verrou. Il craignait qu'il n'entrât encore quelque
chose. Il se barricadait contre le possible.

Un moment après il souffla sa lumière. Elle le
gênait.

Il lui semblait qu'on pouvait le voir.

Qui, on?

Hélas ! ce qu'il voulait mettre à la porte, était

entré; ce qu'il voulait aveugler, le regardait. Sa conscience.

Sa conscience, c'est à dire Dieu.

Pourtant, dans le premier moment, il se fit illusion; il eut un sentiment de sûreté et de solitude; le verrou tiré, il se crut imprenable; la chandelle éteinte, il se sentit invisible. Alors il prit possession de lui-même; il posa ses coudes sur la table, appuya la tête sur sa main, et se mit à songer dans les ténèbres.

— Où en suis-je? — Est-ce que je ne rêve pas? — Que m'a-t-on dit? — Est-il bien vrai que j'aie vu ce Javert et qu'il m'ait parlé ainsi? Que peut être ce Champmathieu? — Il me ressemble donc? — Est-ce possible? — Quand je pense qu'hier j'étais si tranquille et si loin de me douter de rien! — Qu'est-ce que je faisais donc hier à pareille heure? — Qu'y a-t-il dans cet incident? — Comment se dénouera-t-il? — Que faire?

Voilà dans quelle tourmente il était. Son cerveau avait perdu la force de retenir ses idées, elles passaient comme des ondes, et il prenait son front dans ses deux mains pour les arrêter.

De ce tumulte qui bouleversait sa volonté et sa

raison, et dont il cherchait à tirer une évidence et
une résolution, rien ne se dégageait que l'angoisse.

Sa tête était brûlante. Il alla à la fenêtre, et
l'ouvrit toute grande. Il n'y avait pas d'étoiles au
ciel. Il revint s'asseoir près de la table.

La première heure s'écoula ainsi.

Peu à peu cependant des linéaments vagues
commencèrent à se former et à se fixer dans sa
méditation, et il put entrevoir avec la précision de
la réalité, non l'ensemble de la situation, mais
quelques détails.

Il commença par reconnaître que, si extraordinaire et si critique que fût cette situation, il en
était tout à fait le maître.

Sa stupeur ne fit que s'en accroître.

Indépendamment du but sévère et religieux que
se proposaient ses actions, tout ce qu'il avait fait
jusqu'à ce jour n'était autre chose qu'un trou qu'il
creusait pour y enfouir son nom. Ce qu'il avait toujours le plus redouté, dans ses heures de repli sur
lui-même, dans ses nuits d'insomnie, c'était d'entendre jamais prononcer ce nom; il se disait que
ce serait là pour lui la fin de tout; que le jour où

ce nom reparaîtrait, il ferait évanouir autour de lui
sa vie nouvelle, et, qui sait même peut-être? au
dedans de lui sa nouvelle âme. Il frémissait de la
seule pensée que c'était possible. Certes, si quelqu'un lui eût dit en ces moments-là qu'une heure
viendrait où ce nom retentirait à son oreille, où ce
hideux mot, Jean Valjean, sortirait tout à coup de
la nuit et se dresserait devant lui, où cette lumière
formidable faite pour dissiper le mystère dont il
s'enveloppait, resplendirait subitement sur sa tête,
et que ce nom ne le menacerait pas, que cette lumière ne produirait qu'une obscurité plus épaisse,
que ce voile déchiré accroîtrait le mystère, que ce
tremblement de terre consoliderait son édifice, que
ce prodigieux incident n'aurait d'autre résultat, si
bon lui semblait, à lui, que de rendre son existence
à la fois plus claire et plus impénétrable, et que,
de sa confrontation avec le fantôme de Jean Valjean, le bon et digne bourgeois monsieur Madeleine
sortirait plus honoré, plus paisible et plus respecté
que jamais, — si quelqu'un lui eût dit cela, il eût
hoché la tête et regardé ces paroles comme insen-
sées. Eh bien! tout cela venait précisément d'arriver, tout cet entassement de l'impossible était un

fait. et Dieu avait permis que ces choses folles devinssent des choses réelles!

Sa rêverie continuait de s'éclaircir. Il se rendait de plus en plus compte de sa position.

Il lui semblait qu'il venait de s'éveiller de je ne sais quel sommeil, et qu'il se trouvait glissant sur une pente au milieu de la nuit, debout, frissonnant, reculant en vain, sur le bord extrême d'un abîme. Il entrevoyait distinctement dans l'ombre un inconnu, un étranger, que la destinée prenait pour lui et poussait dans le gouffre à sa place. Il fallait, pour que le gouffre se refermât, que quelqu'un y tombât, lui ou l'autre.

Il n'avait qu'à laisser faire.

La clarté devint complète, et il s'avoua ceci:
— Que sa place était vide aux galères, qu'il avait beau faire, qu'elle l'y attendait toujours, que le vol de Petit-Gervais l'y ramenait, que cette place vide l'attendrait et l'attirerait jusqu'à ce qu'il y fût, que cela était inévitable et fatal. — Et puis il se dit:
— Qu'en ce moment il avait un remplaçant, qu'il paraissait qu'un nommé Champmathieu avait cette mauvaise chance, et que, quant à lui, présent désormais au bagne dans la personne de ce Champ-

mathieu, présent dans la société sous le nom de
M. Madeleine, il n'avait plus rien à redouter,
pourvu qu'il n'empêchât pas les hommes de scel-
ler sur la tête de ce Champmathieu cette pierre de
l'infamie qui, comme la pierre du sépulcre, tombe
une fois et ne se relève jamais.

Tout cela était si violent et si étrange qu'il se fit
soudain en lui cette espèce de mouvement indescriptible qu'aucun homme n'éprouve plus de deux
ou trois fois dans sa vie, sorte de convulsion de la
conscience qui remue tout ce que le cœur a de
douteux, qui se compose d'ironie, de joie et de
désespoir, et qu'on pourrait appeler un éclat de
rire intérieur.

Il ralluma brusquement sa bougie.

— Eh bien quoi! se dit-il, de quoi est-ce que
j'ai peur? qu'est-ce que j'ai à songer comme cela?
me voilà sauvé! tout est fini. Je n'avais plus qu'une
porte entr'ouverte par laquelle mon passé pouvait
faire irruption dans ma vie; cette porte, la voilà
murée! à jamais! Ce Javert qui me trouble depuis
si longtemps, ce redoutable instinct qui semblait
m'avoir deviné, qui m'avait deviné, pardieu! et
qui me suivait partout, cet affreux chien de chasse

toujours en arrêt sur moi, le voilà dérouté, occupé
ailleurs, absolument dépisté! Il est satisfait désormais, il me laissera tranquille, il tient son Jean
Valjean! Qui sait même, il est probable qu'il voudra quitter la ville! Et tout cela s'est fait sans moi!
Et je n'y suis pour rien! Ah çà, mais! qu'est-ce
qu'il y a de malheureux dans ceci? Des gens qui
me verraient, parole d'honneur! croiraient qu'il
m'est arrivé une catastrophe! Après tout, s'il y a
du mal pour quelqu'un, ce n'est aucunement de ma
faute. C'est la Providence qui a tout fait. C'est
qu'elle veut cela apparemment! Ai-je le droit de
déranger ce qu'elle arrange? Qu'est-ce que je demande à présent? De quoi est-ce que je vais me
mêler? Cela ne me regarde pas. Comment! je ne
suis pas content! Mais qu'est-ce qu'il me faut
donc? Le but auquel j'aspire depuis tant d'années,
le songe de mes nuits, l'objet de mes prières au
ciel, la sécurité, je l'atteins! C'est Dieu qui le
veut. Je n'ai rien à faire contre la volonté de Dieu.
Et pourquoi Dieu le veut-il? Pour que je continue
ce que j'ai commencé, pour que je fasse le bien,
pour que je sois un jour un grand et encourageant
exemple, pour qu'il soit dit qu'il y a eu enfin un

peu de bonheur attaché à cette pénitence que j'ai
subie et à cette vertu où je suis revenu! Vraiment
je ne comprends pas pourquoi j'ai eu peur tantôt
d'entrer chez ce brave curé et de tout lui raconter
comme à un confesseur, et de lui demander conseil,
c'est évidemment là ce qu'il m'aurait dit. C'est décidé, laissons aller les choses! laissons faire le bon
Dieu!

Il se parlait ainsi dans les profondeurs de sa
conscience, penché sur ce qu'on pourrait appeler
son propre abîme. Il se leva de sa chaise, et se mit
à marcher dans la chambre. — Allons, dit-il, n'y
pensons plus. Voilà une résolution prise! — Mais
il ne sentit aucune joie.

Au contraire.

On n'empêche pas plus la pensée de revenir à
une idée que la mer de revenir à un rivage. Pour
le matelot, cela s'appelle la marée; pour le coupable, cela s'appelle le remords. Dieu soulève l'âme
comme l'Océan.

Au bout de peu d'instants, il eut beau faire, il
reprit ce sombre dialogue dans lequel c'était lui qui
parlait et lui qui écoutait, disant ce qu'il eût voulu
taire, écoutant ce qu'il n'eût pas voulu entendre,

cédant à cette puissance mystérieuse qui lui disait :
pense ! comme elle disait il y a deux mille ans à
un autre condamné : marche !

Avant d'aller plus loin et pour être pleinement
compris, insistons sur une observation nécessaire.

Il est certain qu'on se parle à soi-même; il n'est
pas un être pensant qui ne l'ait éprouvé. On peut
dire même que le Verbe n'est jamais un plus magnifique mystère que lorsqu'il va, dans l'intérieur
d'un homme, de la pensée à la conscience et qu'il
retourne de la conscience à la pensée. C'est dans
ce sens seulement qu'il faut entendre les mots souvent employés dans ce chapitre, *il dit, il s'écria;*
on se dit, on se parle, on s'écrie en soi-même, sans
que le silence extérieur soit rompu. Il y a un grand
tumulte ; tout parle en nous, excepté la bouche.
Les réalités de l'âme, pour n'être point visibles et
palpables, n'en sont pas moins des réalités.

Il se demanda donc où il en était. Il s'interro-
gea sur cette « résolution prise. » Il se confessa à
lui-même que tout ce qu'il venait d'arranger dans
son esprit était monstrueux, que « laisser aller les
choses, laisser faire le bon Dieu, » c'était tout sim-

plement horrible. Laisser s'accomplir cette méprise
de la destinée et des hommes, ne pas l'empêcher,
s'y prêter par son silence, ne rien faire enfin,
c'était faire tout! c'était le dernier degré de l'indi-
gnité hypocrite! c'était un crime bas, lâche, sournois, abject, hideux!

Pour la première fois depuis huit années, le malheureux homme venait de sentir la saveur amère
d'une mauvaise pensée et d'une mauvaise action.

Il la recracha avec dégoût.

Il continua de se questionner. Il se demanda sévèrement ce qu'il avait entendu par ceci : « Mon
but est atteint! » Il se déclara que sa vie avait un
but en effet. Mais quel but? cacher son nom?
tromper la police? était-ce pour une chose si petite
qu'il avait fait tout ce qu'il avait fait? est-ce qu'il
n'avait pas un autre but, qui était le grand, qui
était le vrai? Sauver, non sa personne, mais son
âme. Redevenir honnête et bon. Être un juste!
est-ce que ce n'était pas là surtout, là uniquement,
ce qu'il avait toujours voulu, ce que l'évêque lui
avait ordonné? — Fermer la porte à son passé?
Mais il ne la fermait pas, grand Dieu! il la rou-
vrait en faisant une action infâme! mais il redeve-

naît un voleur, et le plus odieux des voleurs ! il volait à un autre son existence, sa vie, sa paix, sa
place au soleil ! il devenait un assassin ! il tuait,
il tuait moralement un misérable homme, il lui in-
fligeait cette affreuse mort vivante, cette mort à
ciel ouvert, qu'on appelle le bagne ! au contraire,
se livrer, sauver cet homme frappé d'une si lugubre
erreur, reprendre son nom, redevenir par devoir
le forçat Jean Valjean, c'était là vraiment achever
sa résurrection, et fermer à jamais l'enfer d'où il
sortait ! y retomber en apparence, c'était en sortir
en réalité ! il fallait faire cela ! il n'avait rien fait,
s'il ne faisait pas cela ! toute sa vie était inutile,
toute sa pénitence était perdue. Il n'y avait plus
qu'à dire : à quoi bon ? Il sentait que l'évêque était
là, que l'évêque était d'autant plus présent qu'il
était mort, que l'évêque le regardait fixement, que
désormais le maire Madeleine avec toutes ses vertus lui serait abominable et que le galérien Jean
Valjean serait admirable et pur devant lui. Que les
hommes voyaient son masque, mais que l'évêque
voyait sa face. Que les hommes voyaient sa vie,
mais que l'évêque voyait sa conscience. Il fallait
donc aller à Arras, délivrer le faux Jean Valjean,

dénoncer le véritable! Hélas! c'était là le plus
grand des sacrifices, la plus poignante des vic-
toires, le dernier pas à franchir; mais il le fallait.
Douloureuse destinée! il n'entrerait dans la sainteté aux yeux de Dieu que s'il rentrait dans l'infamie aux yeux des hommes!

— Eh bien, dit-il, prenons ce parti! faisons
notre devoir. Sauvons cet homme!

Il prononça ces paroles à haute voix, sans s'apercevoir qu'il parlait tout haut.

Il prit ses livres, les vérifia et les mit en ordre.
Il jeta au feu une liasse de créances qu'il avait sur
de petits commerçants gênés. Il écrivit une lettre
qu'il cacheta et sur l'enveloppe de laquelle on aurait pu lire, s'il y avait eu quelqu'un dans sa
chambre en cet instant : *A monsieur Laffitte, ban-
quier, rue d'Artois, à Paris.*

Il tira d'un secrétaire un portefeuille qui contenait quelques billets de banque et le passe-port
dont il s'était servi cette même année pour aller
aux élections.

Qui l'eût vu pendant qu'il accomplissait ces di-
vers actes auxquels se mêlait une méditation si
grave, ne se fût pas douté de ce qui se passait en

lui. Seulement par moments ses lèvres remuaient ; dans d'autres instants il relevait la tête et fixait son regard sur un point quelconque de la muraille, comme s'il y avait précisément là quelque chose qu'il voulait éclaircir ou interroger.

La lettre à M. Laffitte terminée, il la mit dans sa poche ainsi que le portefeuille, et recommença à marcher.

Sa rêverie n'avait point dévié. Il continuait de voir clairement son devoir écrit en lettres lumineuses qui flamboyaient devant ses yeux et se déplaçaient avec son regard : — *Va ! nomme-toi ! dénonce-toi !* —

Il voyait de même, et comme si elles se fussent mues devant lui avec des formes sensibles, les deux idées qui avaient été jusque-là la double règle de sa vie : cacher son nom, sanctifier son âme. Pour la première fois, elles lui apparaissaient absolument distinctes, et il voyait la différence qui les séparait. Il reconnaissait que l'une de ces idées était nécessairement bonne, tandis que l'autre pouvait devenir mauvaise ; que celle-là était le dévouement et que celle-ci était la personnalité ; que l'une disait : *le prochain,* et que l'autre disait :

moi; que l'une venait de la lumière et que l'autre venait de la nuit.

Elles se combattaient. Il les voyait se combattre. A mesure qu'il songeait, elles avaient grandi devant l'œil de son esprit; elles avaient maintenant des statures colossales; et il lui semblait qu'il voyait lutter au dedans de lui-même, dans cet infini dont nous parlions tout à l'heure, au milieu des obscurités et des lueurs, une déesse et une géante.

Il était plein d'épouvante, mais il lui semblait que la bonne pensée l'emportait.

Il sentait qu'il touchait à l'autre moment décisif de sa conscience et de sa destinée; que l'évêque avait marqué la première phase de sa vie nouvelle, et que ce Champmathieu en marquait la seconde. Après la grande crise, la grande épreuve.

Cependant la fièvre, un instant apaisée, lui revenait peu à peu. Mille pensées le traversaient, mais elles continuaient de le fortifier dans sa résolution.

Un moment il s'était dit : — qu'il prenait peut-être la chose trop vivement, qu'après tout ce Champmathieu n'était pas intéressant, qu'en somme il avait volé.

Il se répondit : — Si cet homme a en effet volé quelques pommes, c'est un mois de prison. Il y a loin de là aux galères. Et qui sait même? a-t-il volé? est-ce prouvé? le nom de Jean Valjean l'accable et semble dispenser de preuves. Les procureurs du roi n'agissent-ils pas habituellement ainsi? On le croit voleur, parce qu'on le sait forçat.

Dans un autre instant, cette idée lui vint que, lorsqu'il se serait dénoncé, peut-être on considérerait l'héroïsme de son action, et sa vie honnête depuis sept ans, et ce qu'il avait fait pour le pays, et qu'on lui ferait grâce.

Mais cette supposition s'évanouit bien vite, et il sourit amèrement en songeant que le vol des quarante sous à Petit-Gervais le faisait récidiviste, que cette affaire reparaîtrait certainement et, aux termes précis de la loi, le ferait passible des travaux forcés à perpétuité.

Il se détourna de toute illusion, se détacha de plus en plus de la terre et chercha la consolation et la force ailleurs. Il se dit qu'il fallait faire son devoir; que peut-être même ne serait-il pas plus malheureux après avoir fait son devoir qu'après l'avoir éludé; que s'il *laissait faire*, s'il restait à

M. — sur M. —, sa considération, sa bonne re-
nommée, ses bonnes œuvres, la déférence, la vénération, sa charité, sa richesse, sa popularité, sa
vertu seraient assaisonnées d'un crime, et quel
goût auraient toutes ces choses saintes liées à cette
chose hideuse? tandis que, s'il accomplissait son
sacrifice, au bagne, au poteau, au carcan, au
bonnet vert, au travail sans relâche, à la honte
sans pitié, il se mêlerait une idée céleste!

Enfin il se dit qu'il y avait nécessité, que sa
destinée était ainsi faite, qu'il n'était pas maître de
déranger les arrangements d'en haut, que dans
tous les cas il fallait choisir : ou la vertu au dehors
et l'abomination au dedans, ou la sainteté au dedans et l'infamie au dehors.

A remuer tant d'idées lugubres, son courage ne
défaillait pas, mais son cerveau se fatiguait. Il
commençait à penser malgré lui à d'autres choses,
à des choses indifférentes.

Ses artères battaient violemment dans ses tempes. Il allait et venait toujours. Minuit sonna d'abord
à la paroisse, puis à la maison de ville. Il compta
les douze coups aux deux horloges, et il compara
le son des deux cloches. Il se rappela à cette occa-

sion que, quelques jours auparavant, il avait vu
chez un marchand de ferrailles une vieille cloche à
vendre sur laquelle ce nom était écrit : *Antoine
Albin de Romainville.*

Il avait froid. Il alluma un peu de feu. Il ne
songea pas à fermer la fenêtre.

Cependant il était retombé dans sa stupeur. Il
lui fallut faire un assez grand effort pour se rappeler à quoi il songeait avant que minuit sonnât. Il
y parvint enfin.

— Ah! oui, se dit-il, j'avais pris la résolution
de me dénoncer.

Et puis tout à coup il pensa à la Fantine.

— Tiens! dit-il, et cette pauvre femme!

Ici une crise nouvelle se déclara.

Fantine, apparaissant brusquement dans sa
rêverie, y fut comme un rayon de lumière inattendue. Il lui sembla que tout changeait d'aspect autour de lui, il s'écria :

— Ah çà, mais! jusqu'ici je n'ai considéré que
moi! je n'ai eu égard qu'à ma convenance! Il me
convient de me taire ou de me dénoncer, — cacher
ma personne ou sauver mon âme, — être un magistrat méprisable et respecté ou un galérien infâme

et vénérable, c'est moi, c'est toujours moi, ce n'est
que moi! Mais, mon Dieu, c'est de l'égoïsme tout
cela. Ce sont des formes diverses de l'égoïsme,
mais c'est de l'égoïsme! Si je songeais un peu aux
autres? La première sainteté est de penser à autrui.
Voyons, examinons! Moi excepté, moi effacé, moi
oublié, qu'arrivera-t-il de tout ceci? — Si je me
dénonce? on me prend, on lâche ce Champmathieu, on me remet aux galères, c'est bien, et
puis? Que se passe-t-il ici? Ah! ici, il y a un pays,
une ville, des fabriques, une industrie, des ouvriers, des hommes, des femmes, des vieux grands-
pères, des enfants, des pauvres gens! J'ai créé tout
cela, je fais vivre tout cela; partout où il y a une
cheminée qui fume, c'est moi qui ai mis le tison
dans le feu et la viande dans la marmite; j'ai fait
l'aisance, la circulation, le crédit; avant moi il n'y
avait rien; j'ai relevé, vivifié, animé, fécondé, sti-
mulé, enrichi tout le pays; moi de moins, c'est
l'âme de moins. Je m'ôte, tout meurt. — Et cette
femme qui a tant souffert, qui a tant de mérites
dans sa chute, dont j'ai causé sans le vouloir tout
le malheur! Et cet enfant que je voulais aller chercher, que j'ai promis à la mère! Est-ce que je ne

dois pas aussi quelque chose à cette femme, en réparation du mal que je lui ai fait? Si je disparais, qu'arrive-t-il? La mère meurt. L'enfant devient ce qu'il peut. Voilà ce qui se passe, si je me dénonce. — Si je ne me dénonce pas? Voyons, si je ne me dénonce pas?

Après s'être fait cette question, il s'arrêta; il eut comme un moment d'hésitation et de tremblement; mais ce moment dura peu, et il se répondit avec calme :

— Eh bien, cet homme va aux galères, c'est vrai, mais, que diable! il a volé! J'ai beau me dire qu'il n'a pas volé, il a volé! Moi, je reste ici, je continue. Dans dix ans j'aurai gagné dix millions, je les répands dans le pays, je n'ai rien à moi, qu'est-ce que cela me fait? Ce n'est pas pour moi ce que je fais! La prospérité de tous va croissant, les industries s'éveillent et s'excitent, les manufactures et les usines se multiplient, les familles, cent familles, mille familles! sont heureuses; la contrée se peuple; il naît des villages où il n'y a que des fermes, il naît des fermes où il n'y a rien; la misère disparaît, et avec la misère disparaissent la débauche, la prostitution, le vol, le meurtre, tous

les vices, tous les crimes! Et cette pauvre mère
élève son enfant! et voilà tout un pays riche et
honnête! Ah çà, j'étais fou, j'étais absurde, qu'est-ce
que je parlais donc de me dénoncer? Il faut faire
attention, vraiment, et ne rien précipiter. Quoi!
parce qu'il m'aura plu de faire le grand et le généreux! — C'est du mélodrame, après tout! — Parce
que je n'aurai songé qu'à moi, qu'à moi seul, quoi!
pour sauver d'une punition peut-être un peu exa-
gérée, mais juste au fond, on ne sait qui, un voleur,
un drôle évidemment, il faudra que tout un pays
périsse! il faudra qu'une pauvre femme crève à l'hôpital! qu'une pauvre petite fille crève sur le pavé!
comme des chiens! Ah! mais c'est abominable!
Sans même que la mère ait revu son enfant! sans
que l'enfant ait presque connu sa mère! et tout
ça pour ce vieux gredin de voleur de pommes qui,
à coup sûr, a mérité les galères pour autre chose,
si ce n'est pour cela! Beaux scrupules qui sauvent
un coupable et sacrifient des innocents, qui sauvent
un vieux vagabond lequel n'a plus que quelques
années à vivre au bout du compte et ne sera guère
plus malheureux au bagne que dans sa masure, et
qui sacrifient toute une population, mères, femmes,

enfants! Cette pauvre petite Cosette qui n'a que
moi au monde et qui est sans doute en ce moment
toute bleue de froid dans le bouge de ces Thénardier! Voilà encore des canailles, ceux-là! Et je
manquerais à mes devoirs envers tous ces pauvres
êtres! Et je m'en irais me dénoncer! Et je ferais cette
inepte sottise! Mettons tout au pis. Supposons qu'il
y ait une mauvaise action pour moi dans ceci et que
ma conscience me la reproche un jour, accepter,
pour le bien d'autrui, ces reproches qui ne char-
gent que moi, cette mauvaise action qui ne com-
promet que mon âme, c'est là qu'est le dévouement, c'est là qu'est la vertu.

Il se leva, il se remit à marcher. Cette fois il lui
semblait qu'il était content.

On ne trouve les diamants que dans les ténèbres
de la terre; on ne trouve les vérités que dans les
profondeurs de la pensée. Il lui semblait qu'après
être descendu dans ces profondeurs, après avoir
longtemps tâtonné au plus noir de ces ténèbres, il
venait enfin de trouver un de ces diamants, une de
ces vérités, et qu'il la tenait dans sa main; et il
s'éblouissait à la regarder.

— Oui, pensa-t-il, c'est cela! Je suis dans le

vrai. J'ai la solution. Il faut finir par s'en tenir à quelque chose. Mon parti est pris. Laissons faire ! Ne vacillons plus, ne reculons plus. Ceci est dans l'intérêt de tous, non dans le mien. Je suis Madeleine, je reste Madeleine. Malheur à celui qui est Jean Valjean ! Ce n'est plus moi. Je ne connais pas cet homme, je ne sais plus ce que c'est, s'il se trouve que quelqu'un est Jean Valjean à cette heure, qu'il s'arrange ! Cela ne me regarde pas. C'est un nom de fatalité qui flotte dans la nuit, s'il s'arrête et s'abat sur une tête, tant pis pour elle !

Il se regarda dans le petit miroir qui était sur sa cheminée et dit :

— Tiens ! cela m'a soulagé de prendre une résolution ! Je suis tout autre à présent.

Il marcha encore quelques pas, puis il s'arrêta court :

— Allons ! dit-il, il ne faut hésiter devant aucune des conséquences de la résolution prise. Il y a encore des fils qui m'attachent à ce Jean Valjean. Il faut les briser ! Il y a, dans cette chambre même, des objets qui m'accuseraient, des choses muettes qui seraient des témoins, c'est dit, il faut que tout cela disparaisse.

Il fouilla dans sa poche, en tira sa bourse, l'ouvrit et y prit une petite clef.

Il introduisit cette clef dans une serrure dont on voyait à peine le trou, perdu qu'il était dans les nuances les plus sombres du dessin qui couvrait le papier collé sur le mur. Une cachette s'ouvrit ; une espèce de fausse armoire ménagée entre l'angle de la muraille et le manteau de la cheminée. Il n'y avait dans cette cachette que quelques guenilles : un sarrau de toile bleue, un vieux pantalon, un vieux havresac et un gros bâton d'épine ferré aux deux bouts. Ceux qui avaient vu Jean Valjean à l'époque où il traversait D.—, en octobre 1815, eussent aisément reconnu toutes les pièces de ce misérable accoutrement.

Il les avait conservées comme il avait conservé les chandeliers d'argent, pour se rappeler toujours son point de départ. Seulement il cachait ceci qui venait du bagne, et il laissait voir les flambeaux qui venaient de l'évêque.

Il jeta un regard furtif vers la porte, comme s'il eût craint qu'elle ne s'ouvrît malgré le verrou qui la fermait ; puis d'un mouvement vif et brusque et d'une seule brassée, sans même donner un coup d'œil à ces choses qu'il avait si religieusement et si périlleusement gardées pendant tant d'années, il prit tout, haillons, bâton, havresac, et jeta tout au feu.

Il referma la fausse armoire, et, redoublant de précautions, désormais inutiles, puisqu'elle était vide, en cacha la porte derrière un gros meuble qu'il y poussa.

Au bout de quelques secondes, la chambre et le mur d'en face furent éclairés d'une grande réverbération rouge et tremblante. Tout brûlait; le bâton d'épine pétillait et jetait des étincelles jusqu'au milieu de la chambre.

Le havresac, en se consumant avec d'affreux chiffons qu'il contenait, avait mis à nu quelque chose qui brillait dans la cendre. En se penchant, on eût aisément reconnu une pièce d'argent. Sans doute la pièce de quarante sous volée au petit savoyard.

Lui ne regardait pas le feu et marchait, allant et venant toujours du même pas.

Tout à coup ses yeux tombèrent sur les deux flambeaux d'argent que la réverbération faisait reluire vaguement sur la cheminée.

— Tiens ! pensa-t-il, tout Jean Valjean est encore là dedans. Il faut aussi détruire cela.

Il prit les deux flambeaux.

Il y avait assez de feu pour qu'on pût les déformer promptement et en faire une sorte de lingot méconnaissable.

Il se pencha sur le foyer et s'y chauffa un instant. Il eut un vrai bien-être. — La bonne chaleur ! dit-il.

Il remua le brasier avec un des deux chandeliers.

Une minute de plus, et ils étaient dans le feu.

En ce moment, il lui sembla qu'il entendait une voix qui criait au dedans de lui : — Jean Valjean ! Jean Valjean !

Ses cheveux se dressèrent ; il devint comme un homme qui écoute une chose terrible.

— Oui ! c'est cela, achève ! disait la voix. Complète ce que tu fais ! détruis ces flambeaux ! anéantis ce souvenir ! oublie l'évêque ! oublie tout ! perds ce Champmathieu, va ! c'est bien. Applaudis-toi ! Ainsi, c'est convenu, c'est résolu, c'est dit, voilà un homme, voilà un vieillard qui ne sait ce qu'on lui veut, qui n'a rien fait peut-être, un inno-

cent, dont ton nom fait tout le malheur, sur qui ton
nom pèse comme un crime, qui va être pris pour
toi, qui va être condamné, qui va finir ses jours
dans l'abjection et dans l'horreur! c'est bien. Sois
honnête homme, toi. Reste monsieur le maire,
reste honorable et honoré, enrichis la ville, nourris
des indigents, élève des orphelins, vis heureux,
vertueux et admiré, et pendant ce temps-là, pendant que tu seras ici dans la joie et dans la lumière, il y aura quelqu'un qui aura ta casaque
rouge, qui portera ton nom dans l'ignominie et qui
traînera ta chaîne au bagne! Oui, c'est bien arrangé
ainsi! Ah! misérable!

La sueur lui coulait du front. Il attachait sur les
flambeaux un œil hagard. Cependant ce qui parlait
en lui n'avait pas fini. La voix continuait :

— Jean Valjean! il y aura autour de toi beaucoup de voix qui feront un grand bruit, qui parle-
ront bien haut, et qui te béniront, et une seule que
personne n'entendra et qui te maudira dans les
ténèbres. Eh bien! écoute, infâme! toutes ces bénédictions retomberont avant d'arriver au ciel, et
il n'y aura que la malédiction qui montera jusqu'à
Dieu!

Cette voix, d'abord toute faible, et qui s'était
élevée du plus obscur de sa conscience, était devenue par degrés éclatante et formidable, et il l'entendait maintenant à son oreille. Il lui semblait
qu'elle était sortie de lui-même et qu'elle parlait à
présent en dehors de lui. Il crut entendre les dernières paroles si distinctement qu'il regarda dans
la chambre avec une sorte de terreur.

— Y a-t-il quelqu'un ici? demanda-t-il à haute
voix et tout égaré.

Puis il reprit avec un rire qui ressemblait au rire
d'un idiot :

— Que je suis bête! il ne peut y avoir personne.

Il y avait quelqu'un : mais celui qui y était
n'était pas de ceux que l'œil humain peut voir.

Il posa les flambeaux sur la cheminée.

Alors il reprit cette marche monotone et lugubre
qui troublait dans ses rêves et réveillait en sursaut
l'homme endormi au-dessous de lui.

Cette marche le soulageait et l'enivrait en même
temps. Il semble parfois que dans les occasions
suprêmes on se remue pour demander conseil à tout
ce qu'on peut rencontrer en se déplaçant. Au bout
de quelques instants il ne savait plus où il en était.

Il reculait maintenant avec une égale épouvante
devant les deux résolutions qu'il avait prises tour
à tour. Les deux idées qui le conseillaient lui pa-
raissaient aussi funestes l'une que l'autre. — Quelle
fatalité! quelle rencontre que ce Champmathieu
pris pour lui! Être précipité justement par le moyen
que la Providence paraissait d'abord avoir employé
pour l'affermir!

Il y eut un moment où il considéra l'avenir. Se
dénoncer, grand Dieu! se livrer! Il envisagea avec
un immense désespoir tout ce qu'il faudrait quitter,
tout ce qu'il faudrait reprendre. Il faudrait donc
dire adieu à cette existence si bonne, si pure, si
radieuse, à ce respect de tous, à l'honneur, à la
liberté! Il n'irait plus se promener dans les champs,
il n'entendrait plus chanter les oiseaux au mois de
mai, il ne ferait plus l'aumône aux petits enfants!
Il ne sentirait plus la douceur des regards de re-
connaissance et d'amour fixés sur lui! Il quitterait
cette maison qu'il avait bâtie, cette petite chambre!
Tout lui paraissait charmant à cette heure. Il ne
lirait plus dans ces livres, il n'écrirait plus sur cette
petite table de bois blanc! Sa vieille portière, la
seule servante qu'il eût, ne lui monterait plus son

café le matin! Grand Dieu! au lieu de cela, la chiourme, le carcan, la veste rouge, la chaîne au pied, la fatigue, le cachot, le lit de camp, toutes ces horreurs connues! A son âge, après avoir été ce qu'il était! Si encore il était jeune! Mais vieux, être tutoyé par le premier venu, être fouillé par le garde-chiourme, recevoir le coup de bâton de l'argousin! Avoir les pieds nus dans des souliers ferrés! Tendre matin et soir sa jambe au marteau du rondier qui visite la manille! Subir la curiosité des étrangers auxquels on dirait : *Celui-là, c'est le fameux Jean Valjean, qui a été maire à M. — sur M. —!* Le soir, ruisselant de sueur, accablé de lassitude, le bonnet vert sur les yeux, remonter deux à deux, sous le fouet du sergent, l'escalier-échelle du bagne flottant! Oh! quelle misère! La destinée peut-elle donc être méchante comme un être intelligent et devenir monstrueuse comme le cœur humain?

Et, quoi qu'il fît, il retombait toujours sur ce poignant dilemme qui était au fond de sa rêverie : — Rester dans le paradis et y devenir démon! Rentrer dans l'enfer et y devenir ange!

Que faire, grand Dieu! que faire?

La tourmente dont il était sorti avec tant de peine, se déchaîna de nouveau en lui. Ses idées recommencèrent à se mêler. Elles prirent ce je ne sais quoi de stupéfié et de machinal qui est propre au désespoir. Le nom de Romainville lui revenait sans cesse à l'esprit avec deux vers d'une chanson qu'il avait entendue autrefois. Il songeait que Romainville est un petit bois près Paris où les jeunes gens amoureux vont cueillir des lilas au mois d'avril.

Il chancelait au dehors comme au dedans. Il marchait comme un petit enfant qu'on laisse aller seul.

A de certains moments, luttant contre sa lassitude, il faisait effort pour ressaisir son intelligence. Il tâchait de se poser une dernière fois, et définitivement, le problème sur lequel il était en quelque sorte tombé d'épuisement. Faut-il se dénoncer? Faut-il se taire? — Il ne réussissait à rien voir de distinct. Les vagues aspects de tous les raisonnements ébauchés par sa rêverie tremblaient et se dissipaient l'un après l'autre en fumée. Seulement il sentait que, à quelque parti qu'il s'arrêtât, nécessairement, et sans qu'il fût possible d'y échapper, quelque chose de lui allait mourir; qu'il entrait dans un sépulcre à droite comme à gauche; qu'il accomplissait une agonie, l'agonie de son bonheur ou l'agonie de sa vertu.

Hélas ! toutes ses irrésolutions l'avaient repris. Il n'était pas plus avancé qu'au commencement.

Ainsi se débattait sous l'angoisse cette malheureuse âme. Dix-huit cents ans avant cet homme infortuné, l'être mystérieux, en qui se résument toutes les saintetés et toutes les souffrances de l'humanité, avait aussi lui, pendant que les oliviers frémissaient au vent farouche de l'infini, longtemps écarté de la main l'effrayant calice qui lui apparaissait ruisselant d'ombre et débordant de ténèbres dans des profondeurs pleines d'étoiles.

IV

FORMES QUE PREND LA SOUFFRANCE PENDANT
LE SOMMEIL

Trois heures du matin venaient de sonner, et il
y avait cinq heures qu'il marchait ainsi, presque
sans interruption, lorsqu'il se laissa tomber sur sa
chaise.

Il s'y endormit et fit un rêve.

Ce rêve, comme la plupart des rêves, ne se rap-
portait à la situation que par je ne sais quoi de

funeste et de poignant, mais il lui fît impression.
Ce cauchemar le frappa tellement que plus tard il
l'a écrit. C'est un des papiers écrits de sa main
qu'il a laissés. Nous croyons devoir transcrire ici
cette chose textuellement.

Quel que soit ce rêve, l'histoire de cette nuit
serait incomplète si nous l'omettions. C'est la
sombre aventure d'une âme malade.

Le voici. Sur l'enveloppe nous trouvons cette
ligne écrite : *le rêve que j'ai eu cette nuit-là.*

« J'étais dans une campagne. Une grande cam-
« pagne triste où il n'y avait pas d'herbe. Il ne
« me semblait pas qu'il fît jour, ni qu'il fît nuit.

« Je me promenais avec mon frère, le frère de
« mes années d'enfance, ce frère auquel je dois
« dire que je ne pense jamais et dont je ne me
« souviens presque plus.

« Nous causions, et nous rencontrions des pas-
« sants. Nous parlions d'une voisine que nous
« avions eue autrefois, et qui, depuis qu'elle demeu-
« rait sur la rue, travaillait la fenêtre toujours ou-
« verte. Tout en causant, nous avions froid à cause
« de cette fenêtre ouverte.

« Il n'y avait pas d'arbres dans la campagne.

« Nous vîmes un homme qui passa près de nous.

« C'était un homme tout nu couleur de cendre
« monté sur un cheval couleur de terre. L'homme
« n'avait pas de cheveux; on voyait son crâne et
« des veines sur son crâne. Il tenait à la main
« une baguette qui était souple comme un sarment
« de vigne et lourde comme du fer. Ce cavalier
« passa et ne nous dit rien.

« Mon frère me dit : Prenons par le chemin creux.

« Il y avait un chemin creux où l'on ne voyait pas
« une broussaille ni un brin de mousse. Tout était
« couleur de terre, même le ciel. Au bout de quel-
« ques pas, on ne me répondit plus quand je par-
« lais. Je m'aperçus que mon frère n'était plus
« avec moi.

« J'entrai dans un village que je vis. Je songeai
« que ce devait être là Romainville (pourquoi
« Romainville?) (*).

« La première rue où j'entrai était déserte. J'en-
« trai dans une seconde rue. Derrière l'angle que
« faisaient les deux rues, il y avait un homme de-

(*) Cette parenthèse est de la main de Jean Valjean.

« bout contre le mur. Je dis à cet homme : quel est
« ce pays? Où suis-je? L'homme ne répondit pas.
« Je vis la porte d'une maison ouverte, j'y entrai.

« La première chambre était déserte. J'entrai
« dans la seconde. Derrière la porte de cette cham-
« bre, il y avait un homme debout contre le mur.
« Je demandai à cet homme : — à qui est cette
« maison? Où suis-je? L'homme ne répondit pas.
« La maison avait un jardin.

« Je sortis de la maison et j'entrai dans le jardin.
« Le jardin était désert. Derrière le premier arbre,
« je trouvai un homme qui se tenait debout. Je dis
« à cet homme : quel est ce jardin? Où suis-je?
« L'homme ne répondit pas.

« J'errai dans le village, et je m'aperçus que
« c'était une ville. Toutes les rues étaient désertes,
« toutes les portes étaient ouvertes. Aucun être vi-
« vant ne passait dans les rues, ne marchait dans
« les chambres ou ne se promenait dans les jardins.
« Mais il y avait derrière chaque angle de mur,
« derrière chaque porte, derrière chaque arbre, un
« homme debout qui se taisait. On n'en voyait ja-
« mais qu'un à la fois. Ces hommes me regardaient
« passer.

« Je sortis de la ville et je me mis à marcher
« dans les champs.

« Au bout de quelque temps, je me retournai,
« et je vis une grande foule qui venait derrière
« moi. Je reconnus tous les hommes que j'avais vus
« dans la ville. Ils avaient des têtes étranges. Ils
« ne semblaient pas se hâter, et cependant ils mar-
« chaient plus vite que moi. Ils ne faisaient aucun
« bruit en marchant. En un instant, cette foule
« me rejoignit et m'entoura. Les visages de ces
« hommes étaient couleur de terre.

« Alors le premier que j'avais vu et questionné
« en entrant dans la ville, me dit : — Où allez-
« vous? Est-ce que vous ne savez pas que vous
« êtes mort depuis longtemps?

« J'ouvris la bouche pour répondre, et je
« m'aperçus qu'il n'y avait personne autour de
« moi. »

Il se réveilla. Il était glacé. Un vent qui était
froid comme le vent du matin, faisait tourner dans
leurs gonds les châssis de la croisée restée ouverte.
Le feu s'était éteint. La bougie touchait à sa fin.
Il était encore nuit noire.

Il se leva, il alla à la fenêtre. Il n'y avait toujours pas d'étoiles au ciel.

De sa fenêtre on voyait la cour de la maison et la rue. Un bruit sec et dur qui résonna tout à coup sur le sol lui fit baisser les yeux.

Il vit au dessous de lui deux étoiles rouges dont les rayons s'allongeaient et se raccourcissaient bizarrement dans l'ombre.

Comme sa pensée était encore à demi submergée dans la brume des rêves : — Tiens ! songea-t-il, il n'y en a pas dans le ciel. Elles sont sur la terre maintenant.

Cependant ce trouble se dissipa, un second bruit pareil au premier acheva de le réveiller, il regarda, et il reconnut que ces deux étoiles étaient les lanternes d'une voiture. A la clarté qu'elles jetaient, il put distinguer la forme de cette voiture. C'était un tilbury attelé d'un petit cheval blanc. Le bruit qu'il avait entendu, c'étaient les coups de pied du cheval sur le pavé.

— Qu'est-ce que c'est que cette voiture? se dit-il. Qui est-ce qui vient donc si matin?

En ce moment on frappa un petit coup à la porte de sa chambre.

Il frissonna de la tête aux pieds, et cria d'une voix terrible :

— Qui est là ?

Quelqu'un répondit :

— Moi, monsieur le maire.

Il reconnut la voix de la vieille femme sa portière.

— Eh bien, reprit-il, qu'est-ce que c'est ?

— Monsieur le maire, il est tout à l'heure cinq heures du matin.

— Qu'est-ce que cela me fait ?

— Monsieur le maire, c'est le cabriolet.

— Quel cabriolet ?

— Le tilbury.

— Quel tilbury ?

— Est-ce que monsieur le maire n'a pas fait demander un tilbury ?

— Non, dit-il.

— Le cocher dit qu'il vient chercher monsieur le maire.

— Quel cocher ?

— Le cocher de M. Scaufflaire.

— M. Scaufflaire ?

Ce nom le fit tressaillir comme si un éclair lui eût passé devant la face.

— Ah oui! reprit-il, M. Scaufflaire!

Si la vieille femme l'eût pu voir en ce moment, elle eût été épouvantée.

Il se fit un assez long silence. Il examinait d'un air stupide la flamme de la bougie et prenait autour de la mèche de la cire brûlante qu'il roulait dans ses doigts. La vieille attendait. Elle se hasarda pourtant à élever encore la voix :

— Monsieur le maire, que faut-il que je réponde ?

— Dites que c'est bien, et que je descends.

V

BATONS DANS LES ROUES

Le service des postes d'Arras à M. — sur M. —
se faisait encore à cette époque par de petites
malles du temps de l'empire. Ces malles étaient
des cabriolets à deux roues tapissés de cuir fauve
au dedans, suspendus sur des ressorts à pompe, et
n'ayant que deux places, l'une pour le courrier,
l'autre pour le voyageur. Les roues étaient armées

de ces longs moyeux offensifs qui tiennent les autres voitures à distance et qu'on voit encore sur
les routes d'Allemagne. Le coffre aux dépêches,
immense boîte oblongue, était placé derrière le cabriolet et faisait corps avec lui. Ce coffre était peint
en noir et le cabriolet en jaune.

Ces voitures, auxquelles rien ne ressemble aujourd'hui, avaient je ne sais quoi de difforme et de
bossu, et quand on les voyait passer de loin et ram-
per dans quelque route à l'horizon, elles ressem-
blaient à ces insectes qu'on appelle, je crois, ter-
mites, et qui, avec un petit corsage, traînent un
gros arrière-train. Elles allaient, du reste, fort
vite. La malle partie d'Arras toutes les nuits à une
heure, après le passage du courrier de Paris, arrivait à M. — sur M. — un peu avant cinq heures
du matin.

Cette nuit-là, la malle qui descendait à M. —.
sur M. — par la route de Hesdin accrocha au tournant d'une rue, au moment où elle entrait dans la
ville, un petit tilbury attelé d'un cheval blanc, qui
venait en sens inverse et dans lequel il n'y avait
qu'une personne, un homme enveloppé d'un manteau. La roue du tilbury reçut un choc assez rude.

Le courrier cria à cet homme d'arrêter, mais le
voyageur n'écouta pas et continua sa route au
grand trot.

— Voilà un homme diablement pressé! dit le
courrier.

L'homme qui se hâtait ainsi, c'est celui que nous
venons de voir se débattre dans des convulsions
dignes à coup sûr de pitié.

Où allait-il? Il n'eût pu le dire. Pourquoi se hâ-
tait-il? Il ne savait. Il allait au hasard devant lui.
Où? A Arras sans doute; mais il allait peut-être
ailleurs aussi. Par moments il le sentait, et il tres-
saillait. Il s'enfonçait dans cette nuit comme dans
un gouffre. Quelque chose le poussait, quelque
chose l'attirait. Ce qui se passait en lui, personne
ne pourrait le dire, tous le comprendront. Quel
homme n'est entré, au moins une fois en sa vie,
dans cette obscure caverne de l'inconnu?

Du reste il n'avait rien résolu, rien décidé, rien
arrêté, rien fait. Aucun des actes de sa conscience
n'avait été définitif. Il était plus que jamais comme
au premier moment.

Pourquoi allait-il à Arras?

Il se répétait ce qu'il s'était déjà dit en retenant

le cabriolet de Scaufflaire, — que, quel que dût être le résultat, il n'y avait aucun inconvénient à voir de ses yeux, à juger les choses par lui-même; — que cela même était prudent, qu'il fallait savoir ce qui se passerait; — qu'on ne pouvait rien décider sans avoir observé et scruté; — que de loin on se faisait des montagnes de tout; — qu'au bout du compte, lorsqu'il aurait vu ce Champmathieu, quelque misérable, sa conscience serait probablement fort soulagée de le laisser aller au bagne à sa place; — qu'à la vérité il y aurait là Javert et ce Brevet, ce Chenildieu, ce Cochepaille, anciens forçats qui l'avaient connu; mais qu'à coup sûr ils ne le reconnaîtraient pas; — bah! quelle idée! — que Javert en était à cent lieues; — que toutes les conjectures et toutes les suppositions étaient fixées sur ce Champmathieu, et que rien n'est entêté comme les suppositions et les conjectures; — qu'il n'y avait donc aucun danger.

Que sans doute c'était un moment noir, mais qu'il en sortirait; — qu'après tout il tenait sa destinée, si mauvaise qu'elle voulût être, dans sa main; — qu'il en était le maître. Il se cramponnait à cette pensée.

Au fond, pour tout dire, il eût mieux aimé ne point aller à Arras.

Cependant il y allait.

Tout en songeant, il fouettait le cheval, lequel trottait de ce bon trot réglé et sûr qui fait deux lieues et demie à l'heure.

A mesure que le cabriolet avançait, il sentait quelque chose en lui qui reculait.

Au point du jour il était en rase campagne; la ville de M. — sur M. — était assez loin derrière lui. Il regarda l'horizon blanchir; il regarda, sans les voir, passer devant ses yeux toutes les froides figures d'une aube d'hiver. Le matin a ses spectres comme le soir. Il ne les voyait pas, mais, à son insu, et par une sorte de pénétration presque physique, ces noires silhouettes d'arbres et de collines ajoutaient à l'état violent de son âme je ne sais quoi de morne et de sinistre.

Chaque fois qu'il passait devant une de ces maisons isolées qui côtoient parfois les routes, il se disait : il y a pourtant là dedans des gens qui dorment!

Le trot du cheval, les grelots du harnais, les roues sur le pavé, faisaient un bruit doux et monotone. Ces choses-là sont charmantes quand on est joyeux et lugubres quand on est triste.

Il était grand jour lorsqu'il arriva à Hesdin. Il s'arrêta devant une auberge pour laisser souffler le cheval et lui faire donner l'avoine.

Ce cheval était, comme l'avait dit Scaufflaire, de cette petite race du Boulonnais qui a trop de tête, trop de ventre et pas assez d'encolure, mais qui a le poitrail ouvert, la croupe large, la jambe sèche et fine et le pied solide ; race laide, mais robuste et saine. L'excellente bête avait fait cinq lieues en deux heures et n'avait pas une goutte de sueur sur la croupe.

Il n'était pas descendu du tilbury. Le garçon d'écurie qui apportait l'avoine se baissa tout à coup et examina la roue de gauche.

— Allez-vous loin comme cela? dit cet homme.

Il répondit, presque sans sortir de sa rêverie :

— Pourquoi?

— Venez-vous de loin? reprit le garçon.

— De cinq lieues d'ici.

— Ah!

— Pourquoi dites-vous : ah?

Le garçon se pencha de nouveau, resta un moment silencieux, l'œil fixé sur la roue, puis se redressa en disant :

— C'est que voilà une roue qui vient de faire cinq lieues, c'est possible, mais qui à coup sûr ne fera pas maintenant un quart de lieue.

Il sauta à bas du tilbury.

— Que dites-vous là, mon ami?

— Je dis que c'est un miracle que vous ayez fait cinq lieues sans rouler, vous et votre cheval, dans quelque fossé de la grande route. Regardez plutôt.

La roue en effet était gravement endommagée. Le choc de la malle-poste avait fendu deux rayons et labouré le moyeu dont l'écrou ne tenait plus.

— Mon ami, dit-il au garçon d'écurie, il y a un charron ici?

— Sans doute, monsieur.

— Rendez-moi le service de l'aller chercher.

— Il est là à deux pas. Hé! maître Bourgaillard!

Maître Bourgaillard, le charron, était sur le seuil de sa porte. Il vint examiner la roue et fit la grimace d'un chirurgien qui considère une jambe cassée.

— Pouvez-vous raccommoder cette roue sur-le-champ?

— Oui, monsieur.

— Quand pourrai-je repartir?

— Demain.

— Demain!

— Il y a une grande journée d'ouvrage. Est-ce que monsieur est pressé?

— Très-pressé. Il faut que je reparte dans une heure au plus tard.

— Impossible, monsieur.

— Je payerai tout ce qu'on voudra.

— Impossible.

— Eh bien! dans deux heures.

— Impossible pour aujourd'hui. Il faut refaire deux rais et un moyeu. Monsieur ne pourra repartir avant demain.

— L'affaire que j'ai ne peut attendre à demain. Si, au lieu de raccommoder cette roue, on la remplaçait?

— Comment cela?

— Vous êtes charron?

— Sans doute, monsieur.

— Est-ce que vous n'avez pas une roue à me vendre? je pourrais repartir tout de suite.

— Une roue de rechange?

— Oui.

— Je n'ai pas une roue toute faite pour votre cabriolet. Deux roues font la paire. Deux roues ne vont pas ensemble au hasard.

— En ce cas, vendez-moi une paire de roues.

— Monsieur, toutes les roues ne vont pas à tous les essieux.

— Essayez toujours.

— C'est inutile, monsieur. Je n'ai à vendre que des roues de charrette. Nous sommes un petit pays ici.

— Auriez-vous un cabriolet à me louer ?

Le maître charron, du premier coup d'œil, avait reconnu que le tilbury était une voiture de louage. Il haussa les épaules.

— Vous les arrangez bien, les cabriolets qu'on vous loue ! j'en aurais un que je ne vous le louerais pas.

— Eh bien, à me vendre ?

— Je n'en ai pas.

— Quoi ! pas une carriole ? je ne suis pas difficile, comme vous voyez.

— Nous sommes un petit pays. J'ai bien là sous la remise, ajouta le charron, une vieille calèche

qui est à un bourgeois de la ville qui me l'a donnée
en garde et qui s'en sert tous les trente-six du
mois. Je vous la louerais bien, qu'est-ce que cela
me fait? mais il ne faudrait pas que le bourgeois la vît passer, et puis, c'est une calèche; il
faudrait deux chevaux.

— Je prendrai deux chevaux de poste.

— Où va monsieur?

— A Arras.

— Et monsieur veut arriver aujourd'hui?

— Mais oui.

— En prenant des chevaux de poste?

— Pourquoi pas?

— Est-il égal à monsieur d'arriver cette nuit à
quatre heures du matin?

— Non certes.

— C'est que, voyez-vous bien, il y a une chose à
dire, en prenant des chevaux de poste... — Monsieur a son passe-port?

— Oui.

— Eh bien, en prenant des chevaux de poste,
monsieur n'arrivera pas à Arras avant demain. Nous
sommes un chemin de traverse. Les relais sont
mal servis, les chevaux sont aux champs. C'est la

saison des grandes charrues qui commence ; il faut
de forts attelages, et l'on prend les chevaux partout, à la poste comme ailleurs. Monsieur attendra
au moins trois ou quatre heures à chaque relais.
Et puis on va au pas. Il y a beaucoup de côtes à
monter.

— Allons, j'irai à cheval. Dételez le cabriolet.
On me vendra bien une selle dans le pays.

— Sans doute, mais ce cheval-ci endure-t-il la
selle ?

— C'est vrai, vous m'y faites penser, il ne l'en-
dure pas.

— Alors...

— Mais je trouverai bien dans le village un
cheval à louer ?

— Un cheval pour aller à Arras d'une traite !

— Oui.

— Il faudrait un cheval comme on n'en a pas
dans nos endroits. Il faudrait l'acheter d'abord, car
on ne vous connaît pas. Mais ni à vendre ni à
louer, ni pour cinq cents francs, ni pour mille,
vous ne le trouveriez pas !

— Comment faire ?

— Le mieux, là, en honnête homme, c'est que je

raccommode la roue et que vous remettiez votre voyage à demain.

— Demain il sera trop tard.

— Dame!

— N'y a-t-il pas la malle-poste qui va à Arras? Quand passe-t-elle?

— La nuit prochaine. Les deux malles font le service la nuit, celle qui monte comme celle qui descend.

— Comment! il vous faut une journée pour raccommoder cette roue?

— Une journée, et une bonne!

— En mettant deux ouvriers?

— En en mettant dix!

— Si on liait les rayons avec des cordes?

— Les rayons, oui; le moyeu, non. Et puis la jante aussi est en mauvais état.

— Y a-t-il un loueur de voitures dans la ville?

— Non?

— Y a-t-il un autre charron?

Le garçon d'écurie et le maître charron répondirent en même temps en hochant la tête.

— Non.

Il sentit une immense joie.

Il était évident que la Providence s'en mêlait.
C'était elle qui avait brisé la roue du tilbury et qui
l'arrêtait en route. Il ne s'était pas rendu à cette
espèce de première sommation; il venait de faire
tous les efforts possibles pour continuer son voyage;
il avait loyalement et scrupuleusement épuisé tous
les moyens; il n'avait reculé ni devant la saison,
ni devant la fatigue, ni devant la dépense; il n'avait
rien à se reprocher. S'il n'allait pas plus loin, cela
ne le regardait plus! Ce n'était plus sa faute.
c'était, non le fait de sa conscience, mais le fait de
la Providence.

Il respira. Il respira librement et à pleine poitrine pour la première fois depuis la visite de Javert.
Il lui semblait que le poignet de fer qui lui serrait
le cœur depuis vingt heures, venait de le lâcher.

Il lui paraissait que maintenant Dieu était pour
lui, et se déclarait.

Il se dit qu'il avait fait tout ce qu'il pouvait, et
qu'à présent il n'avait qu'à revenir sur ses pas,
tranquillement.

Si sa conversation avec le charron eût eu lieu
dans une chambre de l'auberge, elle n'eût point
eu de témoins, personne ne l'eût entendue, les

choses en fussent restées là, et il est probable que
nous n'aurions eu à raconter aucun des événements
qu'on va lire, mais cette conversation s'était faite
dans la rue. Tout colloque dans la rue produit
inévitablement un cercle. Il y a toujours des gens
qui ne demandent qu'à être spectateurs. Pendant
qu'il questionnait le charron, quelques allants et
venants s'étaient arrêtés autour d'eux. Après avoir
écouté pendant quelques minutes, un jeune garçon
auquel personne n'avait pris garde, s'était détaché
du groupe en courant.

Au moment où le voyageur, après la délibéra-
tion intérieure que nous venons d'indiquer, prenait la résolution de rebrousser chemin, cet
enfant revenait. Il était accompagné d'une vieille
femme.

— Monsieur, dit la femme, mon garçon me dit
que vous avez envie de louer un cabriolet.

Cette simple parole, prononcée par une vieille
femme que conduisait un enfant, lui fit ruisseler la
sueur dans les reins. Il crut voir la main qui l'avait
lâché reparaître dans l'ombre derrière lui, toute
prête à le reprendre.

Il répondit :

— Oui, bonne femme, je cherche un cabriolet à louer.

Et il se hâta d'ajouter :

— Mais il n'y en a pas dans le pays.

— Si fait, dit la vieille.

— Où ça donc? reprit le charron.

— Chez moi, répliqua la vieille.

Il tressaillit. La main fatale l'avait ressaisi.

La vieille avait en effet sous un hangar une façon de carriole en osier. Le charron et le garçon d'auberge, désolés que le voyageur leur échappât, intervinrent.

— C'était une affreuse guimbarde, — cela était posé à cru sur l'essieu, — il est vrai que les banquettes étaient suspendues à l'intérieur avec des lanières de cuir; — il pleuvait dedans, — les roues étaient rouillées et rongées d'humidité, — cela n'irait pas beaucoup plus loin que le tilbury, — une vraie patache! — Ce monsieur aurait bien tort de s'y embarquer, — etc., etc.

Tout cela était vrai, mais cette guimbarde, cette patache, cette chose, quelle qu'elle fût, roulait sur ses deux roues et pouvait aller à Arras.

Il paya ce qu'on voulut, laissa le tilbury à

réparer chez le charron pour l'y retrouver à son retour, fit atteler le cheval blanc à la carriole, y monta, et reprit la route qu'il suivait depuis le matin.

Au moment où la carriole s'ébranla, il s'avoua qu'il avait eu l'instant d'auparavant une certaine joie de songer qu'il n'irait point où il allait. Il examina cette joie avec une sorte de colère et la trouva absurde. Pourquoi de la joie à revenir en arrière? Après tout, il faisait ce voyage librement. Personne ne l'y forçait.

Et certainement, rien n'arriverait que ce qu'il voudrait bien.

Comme il sortait de Hesdin, il entendit une voix qui lui criait : arrêtez! arrêtez ! Il arrêta la carriole d'un mouvement vif dans lequel il y avait encore je ne sais quoi de fébrile et de convulsif qui ressemblait à de l'espérance.

C'était le petit garçon de la vieille.

— Monsieur, dit-il, c'est moi qui vous ai procuré la carriole.

— Eh bien !

— Vous ne m'avez rien donné.

Lui qui donnait à tous et si facilement, il trouva cette prétention exorbitante et presque odieuse.

— Ah! c'est toi, drôle? dit-il, tu n'auras rien!

Il fouetta le cheval et repartit au grand trot.

Il avait perdu beaucoup de temps à Hesdin, il eût voulu le rattraper. Le petit cheval était courageux et tirait comme deux; mais on était au mois de février, il avait plu, les routes étaient mauvaises. Et puis, ce n'était plus le tilbury. La carriole était dure et très-lourde. Avec cela force montées.

Il mit près de quatre heures pour aller de Hesdin à Saint-Pol. Quatre heures pour cinq lieues.

A Saint-Pol il dételа à la première auberge venue, et fit mener le cheval à l'écurie. Comme il l'avait promis à Scaufflaire, il se tint près du râtelier pendant que le cheval mangeait. Il songeait à des choses tristes et confuses.

La femme de l'aubergiste entra dans l'écurie.

— Est-ce que monsieur ne veut pas déjeuner?

— Tiens, c'est vrai, dit-il, j'ai même bon appétit.

Il suivit cette femme qui avait une figure fraîche et réjouie. Elle le conduisit dans une salle basse où il y avait des tables ayant pour nappes des toiles cirées.

— Dépêchez-vous, reprit-il, il faut que je reparte. Je suis pressé.

Une grosse servante flamande mit son couvert en
toute hâte. Il regardait cette fille avec un sentiment
de bien-être.

— C'est là ce que j'avais, pensa-t-il. Je n'avais
pas déjeuné.

On le servit. Il se jeta sur le pain, mordit une
bouchée, puis le reposa lentement sur la table et
n'y toucha plus.

Un roulier mangeait à une autre table. Il dit à
cet homme :

— Pourquoi leur pain est-il donc si amer?

Le roulier était allemand et n'entendit pas.

Il retourna dans l'écurie près du cheval.

Une heure après il avait quitté Saint-Pol et se
dirigeait vers Tinques qui n'est qu'à cinq lieues
d'Arras.

Que faisait-il pendant ce trajet? A quoi pen-
sait-il? Comme le matin, il regardait passer les
arbres, les toits de chaume, les champs cultivés,
et les évanouissements du paysage qui se disloque
à chaque coude du chemin. C'est là une contemplation qui suffit quelquefois à l'âme et qui la dis-

pense presque de penser. Voir mille objets pour la
première et pour la dernière fois, quoi de plus mé-
lancolique et de plus profond! Voyager, c'est naître
et mourir à chaque instant. Peut-être, dans la ré-
gion la plus vague de son esprit, faisait-il des
rapprochements entre ces horizons changeants et
l'existence humaine. Toutes les choses de la vie
sont perpétuellement en fuite devant nous. Les
obscurcissements et les clartés s'entremêlent. Après
un éblouissement, une éclipse; on regarde, on se
hâte, on tend les mains pour saisir ce qui passe;
chaque événement est un tournant de la route; et
tout à coup on est vieux. On sent comme une secousse, tout est noir, on distingue une porte obscure, ce sombre cheval de la vie qui vous traînait
s'arrête. Et l'on voit quelqu'un de voilé et d'inconnu qui le dételle dans les ténèbres.

Le crépuscule tombait au moment où des enfants qui sortaient de l'école regardèrent ce voyageur entrer dans Tinques. Il est vrai qu'on était
encore aux jours courts de l'année. Il ne s'arrêta
pas à Tinques. Comme il débouchait du village,
un cantonnier qui empierrait la route dressa la tête
et dit :

— Voilà un cheval bien fatigué.

La pauvre bête en effet n'allait plus qu'au pas.

— Est-ce que vous allez à Arras? ajouta le cantonnier.

— Oui.

— Si vous allez de ce train, vous n'y arriverez pas de bonne heure.

Il arrêta le cheval et demanda au cantonnier :

— Combien y a-t-il encore d'ici à Arras?

— Près de sept grandes lieues.

— Comment cela? le livre de poste ne marque que cinq lieues et un quart.

— Ah! reprit le cantonnier, vous ne savez donc pas que la route est en réparation? Vous allez la trouver coupée à un quart d'heure d'ici. Pas moyen d'aller plus loin.

— Vraiment.

— Vous prendrez à gauche, le chemin qui va à Carency, vous passerez la rivière; quand vous serez à Camblin, vous tournerez à droite; c'est la route de Mont-Saint-Éloy qui va à Arras.

— Mais voilà la nuit, je me perdrai.

— Vous n'êtes pas du pays?

— Non.

— Avec ça, c'est tout chemin de traverse. —
Tenez, monsieur, reprit le cantonnier, voulez-vous
que je vous donne un conseil? Votre cheval est las;
rentrez dans Tinques. Il y a une bonne auberge.
Couchez-y. Vous irez demain à Arras.

— Il faut que j'y sois ce soir.

— C'est différent. Alors allez tout de même à
cette auberge et prenez-y un cheval de renfort.
Le garçon du cheval vous guidera dans la traverse.

Il suivit le conseil du cantonnier, rebroussa chemin, et une demi-heure après il repassait au même
endroit, mais au grand trot, avec un bon cheval
de renfort. Un garçon d'écurie qui s'intitulait postillon était assis sur le brancard de la carriole.

Cependant il sentait qu'il perdait du temps.

Il faisait tout à fait nuit.

Ils s'engagèrent dans la traverse. La route devint
affreuse. La carriole tombait d'une ornière dans
l'autre. Il dit au postillon :

— Toujours au trot, et double pourboire.

Dans un cahot le palonnier cassa.

— Monsieur, dit le postillon, voilà le palonnier
cassé, je ne sais plus comment atteler mon cheval.

cette route-ci est bien mauvaise la nuit, si vous
vouliez revenir coucher à Tinques, nous pourrions
être demain matin de bonne heure à Arras.

Il répondit : — As-tu un bout de corde et un
couteau?

— Oui, monsieur.

Il coupa une branche d'arbre et en fit un palonnier.

Ce fut encore une perte de vingt minutes ; mais
ils repartirent au galop.

La plaine était ténébreuse. Des brouillards bas,
courts et noirs rampaient sur les collines et s'en
arrachaient comme des fumées. Il y avait des
lueurs blanchâtres dans les nuages. Un grand vent
qui venait de la mer faisait dans tous les coins de
l'horizon le bruit de quelqu'un qui remue des meubles. Tout ce qu'on entrevoyait avait des attitudes
de terreur. Que de choses frissonnent sous ces
vastes souffles de la nuit!

Le froid le pénétrait. Il n'avait pas mangé depuis la veille. Il se rappelait vaguement son autre
course nocturne dans la grande plaine aux environs
de D.—, il y avait huit ans; et cela lui semblait
hier.

Une heure sonna à quelque clocher lointain. Il demanda au garçon :

— Quelle est cette heure?

— Sept heures, monsieur, nous serons à Arras à huit. Nous n'avons plus que trois lieues.

En ce moment il fit pour la première fois cette réflexion, — en trouvant étrange qu'elle ne lui fût pas venue plus tôt : — Que c'était peut-être inutile, toute la peine qu'il prenait; qu'il ne savait seulement pas l'heure du procès; qu'il aurait dû au moins s'en informer; qu'il était extravagant d'aller ainsi devant soi sans savoir si cela servirait à quelque chose. — Puis il ébaucha quelques calculs dans son esprit : — qu'ordinairement les séances des cours d'assises commençaient à neuf heures du matin; — que cela ne devait pas être long, cette affaire-là; — que le vol de pommes, ce serait très-court; — qu'il n'y aurait plus ensuite qu'une question d'identité; — quatre ou cinq dépositions, peu de chose à dire pour les avocats; — qu'il allait arriver lorsque tout serait fini !

Le postillon fouettait les chevaux. Ils avaient passé la rivière et laissé derrière eux Mont-Saint-Éloy.

La nuit devenait de plus en plus profonde.

VI

LA SŒUR SIMPLICE MISE A L'ÉPREUVE

Cependant, en ce moment-là même, Fantine était dans la joie.

Elle avait passé une très-mauvaise nuit. Toux affreuse, redoublement de fièvre ; elle avait eu des songes. Le matin, à la visite du médecin, elle délirait. Il avait eu l'air alarmé et avait recommandé qu'on le prévînt dès que M. Madeleine viendrait.

Toute la matinée elle fut morne, parla peu et fit des plis à ses draps en murmurant à voix basse

des calculs qui avaient l'air d'être des calculs de
distances. Ses yeux étaient caves et fixes. Ils pa-
raissaient presque éteints, et puis, par moments,
ils se rallumaient et resplendissaient comme des
étoiles. Il semble qu'aux approches d'une certaine
heure sombre, la clarté du ciel emplisse ceux que
quitte la clarté de la terre.

Chaque fois que la sœur Simplice lui demandait
comment elle se trouvait, elle répondait invariablement : — Bien. Je voudrais voir monsieur Madeleine.

Quelques mois auparavant, à ce moment où
Fantine venait de perdre sa dernière pudeur, sa
dernière honte et sa dernière joie, elle était l'ombre
d'elle-même ; maintenant elle en était le spectre.
Le mal physique avait complété l'œuvre du mal
moral. Cette créature de vingt-cinq ans avait le
front ridé, les joues flasques, les narines pincées,
les dents déchaussées, le teint plombé, le cou
osseux, les clavicules saillantes, les membres ché-
tifs, la peau terreuse, et ses cheveux blonds pous-
saient mêlés de cheveux gris. Hélas! comme la
maladie improvise la vieillesse!

A midi, le médecin revint, il fit quelques prescriptions, s'informa si M. le maire avait paru à l'infirmerie, et branla la tête.

M. Madeleine venait d'habitude à trois heures voir la malade. Comme l'exactitude était de la bonté, il était exact.

Vers deux heures et demie, Fantine commença à s'agiter. Dans l'espace de vingt minutes, elle demanda plus de dix fois à la religieuse : — Ma sœur, quelle heure est-il ?

Trois heures sonnèrent. Au troisième coup Fantine se dressa sur son séant, elle qui d'ordinaire pouvait à peine remuer dans son lit ; elle joignit dans une sorte d'étreinte convulsive ses deux mains décharnées et jaunes, et la religieuse entendit sortir de sa poitrine un de ces soupirs profonds qui semblent soulever un accablement. Puis Fantine se tourna, et regarda la porte.

Personne n'entra ; la porte ne s'ouvrit point.

Elle resta ainsi un quart d'heure, l'œil attaché sur la porte, immobile et comme retenant son haleine. La sœur n'osait lui parler. L'église sonna trois heures un quart. Fantine se laissa retomber sur l'oreiller.

Elle ne dit rien et se remit à faire des plis à son drap.

La demi-heure passa, puis l'heure, personne
ne vint ; chaque fois que l'horloge sonnait, Fantine
se dressait et regardait du côté de la porte, puis
elle retombait.

On voyait clairement sa pensée, mais elle ne
prononçait aucun nom, elle ne se plaignait pas,
elle n'accusait pas. Seulement elle toussait d'une
façon lugubre. On eût dit que quelque chose
d'obscur s'abaissait sur elle. Elle était livide et
avait les lèvres bleues. Elle souriait par moments.

Cinq heures sonnèrent. Alors la sœur l'entendit
qui disait très-bas et doucement : — Mais puisque
je m'en vais demain, il a tort de ne pas venir aujourd'hui !

La sœur Simplice elle-même était surprise du
retard de M. Madeleine.

Cependant Fantine regardait le ciel de son lit.
Elle avait l'air de chercher à se rappeler quelque
chose. Tout à coup elle se mit à chanter d'une voix
faible comme un souffle. La religieuse écouta.
Voici ce que Fantine chantait :

> Nous achèterons de bien belles choses
> En nous promenant le long des faubourgs.

Les bleuets sont bleus, les roses sont roses,
Les bleuets sont bleus, j'aime mes amours.

La vierge Marie auprès de mon poêle
Est venue hier en manteau brodé ;
Et m'a dit : — Voici, caché sous mon voile,
Le petit qu'un jour tu m'as demandé. —
Courez à la ville, ayez de la toile,
Achetez du fil, achetez un dé.

Nous achèterons de bien belles choses
En nous promenant le long des faubourgs.

Bonne sainte Vierge, auprès de mon poêle
J'ai mis un berceau de rubans orné ;
Dieu me donnerait sa plus belle étoile,
J'aime mieux l'enfant que tu m'as donné.
— Madame, que faire avec cette toile?
— Faites un trousseau pour mon nouveau-né.

Les bleuets sont bleus, les roses sont roses,
Les bleuets sont bleus, j'aime mes amours.

Lavez cette toile. — Où? — Dans la rivière.
Faites-en, sans rien gâter ni salir,
Une belle jupe avec sa brassière
Que je veux broder et de fleurs emplir.
— L'enfant n'est plus là, madame, qu'en faire?
— Faites-en un drap pour m'ensevelir.

Nous achèterons de bien belles choses
En nous promenant le long des faubourgs.
Les bleuets sont bleus, les roses sont roses,
Les bleuets sont bleus, j'aime mes amours.

Cette chanson était une vieille romance de ber-
ceuse avec laquelle autrefois elle endormait sa
petite Cosette, et qui ne s'était pas offerte à son
esprit depuis cinq ans qu'elle n'avait plus son enfant. Elle chantait cela d'une voix si triste et sur un
air si doux que c'était à faire pleurer, même une
religieuse. La sœur, habituée aux choses austères,
sentit une larme lui venir.

L'horloge sonna six heures. Fantine ne parut
pas entendre. Elle semblait ne plus faire attention
à aucune chose autour d'elle.

La sœur Simplice envoya une fille de service
s'informer près de la portière de la fabrique si
M. le maire était rentré et s'il ne monterait pas
bientôt à l'infirmerie. La fille revint au bout de
quelques minutes.

Fantine était toujours immobile et paraissait
attentive à des idées qu'elle avait.

La servante raconta très-bas à la sœur Simplice
que M. le maire était parti le matin même avant

six heures dans un petit tilbury attelé d'un cheval blanc, par le froid qu'il faisait; qu'il était parti seul, pas même de cocher, qu'on ne savait pas le chemin qu'il avait pris, que des personnes disaient l'avoir vu tourner par la route d'Arras, que d'autres assuraient l'avoir rencontré sur la route de Paris. Qu'en s'en allant il avait été comme à l'ordinaire, très-doux, et qu'il avait seulement dit à la portière qu'on ne l'attendît pas cette nuit.

Pendant que les deux femmes, le dos tourné au lit de la Fantine, chuchotaient, la sœur questionnant, la servante conjecturant, la Fantine, avec cette vivacité fébrile de certaines maladies organiques, qui mêle les mouvements libres de la santé à l'effrayante maigreur de la mort, s'était mise à genoux sur son lit, ses deux poings crispés appuyés sur le traversin, et, la tête passée par l'intervalle des rideaux, elle écoutait. Tout à coup elle cria :

— Vous parlez là de monsieur Madeleine ! pourquoi parlez-vous tout bas? qu'est-ce qu'il fait? pourquoi ne vient-il pas?

Sa voix était si brusque et si rauque que les deux femmes crurent entendre une voix d'homme; elles se retournèrent effrayées.

— Répondez donc! cria Fantine.

La servante balbutia :

— La portière m'a dit qu'il ne pourrait pas venir aujourd'hui.

— Mon enfant, dit la sœur, tenez-vous tranquille, recouchez-vous.

Fantine, sans changer d'attitude, reprit d'une voix haute et avec un accent tout à la fois impérieux et déchirant :

— Il ne pourra venir? Pourquoi cela? Vous savez la raison. Vous la chuchotiez là entre vous. Je veux la savoir.

La servante se hâta de dire à l'oreille de la religieuse : — Répondez qu'il est occupé au conseil municipal.

La sœur Simplice rougit légèrement; c'était un mensonge que la servante lui proposait. D'un autre côté il lui semblait bien que dire la vérité à la malade ce serait sans doute lui porter un coup terrible et que cela était grave dans l'état où était Fantine. Cette rougeur dura peu. La sœur leva sur Fantine son œil calme et triste, et dit :

— Monsieur le maire est parti.

Fantine se redressa et s'assit sur ses talons. Ses

yeux étincelèrent. Une joie inouïe rayonna sur cette
physionomie douloureuse.

— Parti! s'écria-t-elle. Il est allé chercher
Cosette!

Puis elle tendit ses deux mains vers le ciel et
tout son visage devint ineffable. Ses lèvres remuaient : elle priait à voix basse.

Quand sa prière fut finie : — Ma sœur, dit-elle,
je veux bien me recoucher, je vais faire tout ce
qu'on voudra; tout à l'heure j'ai été méchante, je
vous demande pardon d'avoir parlé si haut, c'est
très-mal de parler haut, je le sais bien, ma bonne
sœur, mais voyez-vous, je suis très-contente. Le
bon Dieu est bon, monsieur Madeleine est bon;
figurez-vous qu'il est allé chercher ma petite Cosette à Montfermeil.

Elle se recoucha, aida la religieuse à arranger
l'oreiller et baisa une petite croix d'argent qu'elle
avait au cou et que la sœur Simplice lui avait
donnée.

— Mon enfant, dit la sœur, tâchez de reposer
maintenant, et ne parlez plus.

Fantine prit dans ses mains moites la main de la
sœur, qui souffrait de lui sentir cette sueur.

— Il est parti ce matin pour aller à Paris. Au
fait il n'a pas même besoin de passer par Paris.
Montfermeil, c'est un peu à gauche en venant. Vous
rappelez-vous comme il me disait hier quand je lui
parlais de Cosette : *bientôt, bientôt?* C'est une surprise qu'il veut me faire. Vous savez? il m'avait fait
signer une lettre pour la reprendre aux Thénardier.
Ils n'auront rien à dire, pas vrai? ils rendront Cosette. Puisqu'ils sont payés. Les autorités ne souf-
friraient pas qu'on garde un enfant quand on est
payé. Ma sœur, ne me faites pas signe qu'il ne
faut pas que je parle. Je suis extrêmement heureuse, je vais très-bien, je n'ai plus de mal du tout,
je vais revoir Cosette, j'ai même très-faim. Il y a
près de cinq ans que je ne l'ai vue. Vous ne vous
figurez pas, vous, comme cela vous tient, les enfants!
et puis elle sera si gentille, vous verrez! Si vous saviez, elle a de si jolis petits doigts roses! d'abord elle
aura de très-belles mains. A un an, elle avait des
mains ridicules. Ainsi! — Elle doit être grande à
présent. Cela vous a sept ans. C'est une demoiselle.
Je l'appelle Cosette, mais elle s'appelle Euphrasie.
Tenez, ce matin, je regardais de la poussière qui
était sur la cheminée et j'avais bien l'idée comme cela

que je reverrais bientôt Cosette. Mon Dieu! comme
on a tort d'être des années sans voir ses enfants!
on devrait bien réfléchir que la vie n'est pas éter-
nelle! Oh! comme il est bon d'être parti, monsieur
le maire! c'est vrai ça qu'il fait bien froid? avait-il
son manteau au moins? il sera ici demain, n'est-ce
pas? ce sera demain fête. Demain matin, ma sœur,
vous me ferez penser à mettre mon petit bonnet
qui a de la dentelle. Montfermeil, c'est un pays.
J'ai fait cette route-là à pied, dans le temps. Il y a
eu bien loin pour moi. Mais les diligences vont très-
vite! il sera ici demain avec Cosette. Combien y
a-t-il d'ici Montfermeil?

La sœur, qui n'avait aucune idée des distances,
répondit : — Oh! je crois bien qu'il pourra être
ici demain.

— Demain! demain! dit Fantine, je verrai Cosette demain! voyez-vous, bonne sœur du bon
Dieu, je ne suis plus malade. Je suis folle. Je dan-
serais, si on voulait.

Quelqu'un qui l'eût vue un quart d'heure auparavant, n'y eût rien compris. Elle était maintenant
toute rose, elle parlait d'une voix vive et naturelle,
toute sa figure n'était qu'un sourire. Par moments

elle riait en se parlant tout bas. Joie de mère, c'est presque joie d'enfant.

— Eh bien, reprit la religieuse, vous voilà heureuse, obéissez-moi, ne parlez plus.

Fantine posa sa tête sur l'oreiller et dit à demi-voix : — Oui, recouche-toi, sois sage puisque tu vas avoir ton enfant. Elle a raison, sœur Simplice. Tous ceux qui sont ici ont raison.

Et puis, sans bouger, sans remuer la tête, elle se mit à regarder partout avec ses yeux tout grands ouverts et un air joyeux, et elle ne dit plus rien.

La sœur referma ses rideaux, espérant qu'elle s'assoupirait.

Entre sept et huit heures le médecin vint. N'entendant aucun bruit, il crut que Fantine dormait, entra doucement et s'approcha du lit sur la pointe du pied. Il entr'ouvrit les rideaux, et à la lueur de la veilleuse il vit les grands yeux calmes de Fantine qui le regardaient.

Elle lui dit : — Monsieur, n'est-ce pas, on me laissera la coucher à côté de moi dans un petit lit?

Le médecin crut qu'elle délirait. Elle ajouta :

— Regardez plutôt, il y a juste la place.

Le médecin prit à part la sœur Simplice qui lui

expliqua la chose, que M. Madeleine était absent
pour un jour ou deux, et que, dans le doute, on
n'avait pas cru devoir détromper la malade qui
croyait monsieur le maire parti pour Montfermeil;
qu'il était possible en somme qu'elle eût deviné
juste. Le médecin approuva.

Il se rapprocha du lit de Fantine qui reprit :

— C'est que, voyez-vous, le matin, quand elle
s'éveillera, je lui dirai bonjour à ce pauvre chat,
et la nuit, moi qui ne dors pas, je l'entendrai dor-
mir. Sa petite respiration si douce, cela me fera du
bien.

— Donnez-moi votre main, dit le médecin.

Elle tendit son bras et s'écria en riant :

— Ah! tiens! au fait, c'est vrai, vous ne savez
pas! c'est que je suis guérie. Cosette arrive demain.

Le médecin fut surpris. Elle était mieux. L'oppres-
sion était moindre. Le pouls avait repris de la force.
Une sorte de vie survenue tout à coup ranimait ce
pauvre être épuisé.

— Monsieur le docteur, reprit-elle, la sœur vous
a-t-elle dit que monsieur le maire était allé chercher le chiffon?

Le médecin recommanda le silence et qu'on évitât toute émotion pénible. Il prescrivit une infusion de quinquina pur, et, pour le cas où la fièvre reprendrait dans la nuit, une potion calmante. En s'en allant il dit à la sœur : — Cela va mieux. Si le bonheur voulait qu'en effet monsieur le maire arrivât demain avec l'enfant, qui sait? il y a des crises si étonnantes, on a vu de grandes joies arrêter court des maladies; je sais bien que celle-ci est une maladie organique, et bien avancée, mais c'est un tel mystère que tout cela! Nous la sauverions peut-être.

VII

LE VOYAGEUR ARRIVÉ PREND SES PRÉCAUTIONS
POUR REPARTIR

Il était près de huit heures du soir quand la
carriole que nous avons laissée en route entra sous
la porte cochère de l'hôtel de la Poste à Arras.
L'homme que nous avons suivi jusqu'à ce moment,
en descendit, répondit d'un air distrait aux empres-
sements des gens de l'auberge, renvoya le cheval
de renfort, et conduisit lui-même le petit cheval

blanc à l'écurie; puis il poussa la porte d'une salle
de billard qui était au rez-de-chaussée, s'y assit
et s'accouda sur une table. Il avait mis quatorze
heures à ce trajet qu'il comptait faire en six. Il se
rendait la justice que ce n'était pas sa faute; mais
au fond il n'en était pas fâché.

La maîtresse de l'hôtel entra.

— Monsieur couche-t-il? monsieur soupe-t-il?

Il fit un signe de tête négatif.

— Le garçon d'écurie dit que le cheval de monsieur est bien fatigué!

Ici il rompit le silence.

— Est-ce que le cheval ne pourra pas repartir
demain matin?

— Oh! monsieur! il lui faut au moins deux jours
de repos.

Il demanda :

— N'est-ce pas ici le bureau de la poste?

— Oui, monsieur.

L'hôtesse le mena à ce bureau; il montra son
passe-port et s'informa s'il y avait moyen de revenir
cette nuit même à M.— sur M.— par la malle; la
place à côté du courrier était justement vacante; il
la retint et la paya. — Monsieur, dit le buraliste,

ne manquez pas d'être ici pour partir à une heure
précise du matin.

Cela fait, il sortit de l'hôtel et se mit à marcher
dans la ville.

Il ne connaissait pas Arras, les rues étaient
obscures, et il allait au hasard. Cependant il semblait s'obstiner à ne pas demander son chemin aux
passants. Il traversa la petite rivière Crinchon et se
trouva dans un dédale de ruelles étroites où il se
perdit. Un bourgeois cheminait avec un falot. Après
quelque hésitation, il prit le parti de s'adresser à
ce bourgeois, non sans avoir d'abord regardé devant et derrière lui, comme s'il craignait que quelqu'un n'entendît la question qu'il allait faire.

— Monsieur, dit-il, le palais de justice, s'il vous
plaît?

— Vous n'êtes pas de la ville, monsieur, répondit le bourgeois qui était un assez vieux homme,
eh bien, suivez-moi. Je vais précisément du côté
du palais de justice, c'est-à-dire du côté de l'hôtel
de la préfecture. Car on répare en ce moment le
palais, et provisoirement les tribunaux ont leurs
audiences à la préfecture.

— Est-ce là, demanda-t-il, qu'on tient les assises?

— Sans doute, monsieur; voyez-vous, ce qui est la préfecture aujourd'hui était l'évêché avant la révolution. Monsieur de Conzié, qui était évêque en quatre-vingt-deux, y a fait bâtir une grande salle. C'est dans cette grande salle qu'on juge.

Chemin faisant, le bourgeois lui dit :

— Si c'est un procès que monsieur veut voir, il est un peu tard. Ordinairement les séances finissent à six heures.

Cependant, comme ils arrivaient sur la grande place, le bourgeois lui montra quatre longues fenêtres éclairées sur la façade d'un vaste bâtiment ténébreux.

— Ma foi, monsieur, vous arrivez à temps, vous avez du bonheur. Voyez-vous ces quatre fenêtres? c'est la cour d'assises. Il y a de la lumière. Donc ce n'est pas fini. L'affaire aura traîné en longueur et on fait une audience du soir. Vous vous intéressez à cette affaire? Est-ce que c'est un procès criminel? est-ce que vous êtes témoin?

Il répondit :

— Je ne viens pour aucune affaire, j'ai seulement à parler à un avocat.

— C'est différent, dit le bourgeois. Tenez, mon-

sieur, voici la porte. Où est le factionnaire. Vous
n'aurez qu'à monter le grand escalier.

Il se conforma aux indications du bourgeois,
et quelques minutes après, il était dans une salle
où il y avait beaucoup de monde et où des
groupes mêlés d'avocats en robes chuchotaient çà
et là.

C'est toujours une chose qui serre le cœur de
voir ces attroupements d'hommes vêtus de noir qui
murmurent entre eux à voix basse sur le seuil des
chambres de justice. Il est rare que la charité et
la pitié sortent de toutes ces paroles. Ce qui en
sort le plus souvent, ce sont des condamnations
faites d'avance. Tous ces groupes semblent à l'observateur qui passe et qui rêve autant de ruches
sombres où des esprits bourdonnants construisent
en commun toutes sortes d'édifices ténébreux.

Cette salle, spacieuse et éclairée d'une seule
lampe, était une ancienne salle de l'évêché et servait de salle des pas perdus. Une porte à deux battants, fermée en ce moment, la séparait de la
grande chambre où siégeait la cour d'assises.

L'obscurité était telle, qu'il ne craignit pas de
s'adresser au premier avocat qu'il rencontra.

— Monsieur, dit-il, où en est-on?

— C'est fini, dit l'avocat.

— Fini!

Ce mot fut répété d'un tel accent que l'avocat se retourna.

— Pardon, monsieur, vous êtes peut-être un parent?

— Non. Je ne connais personne ici. Et y a-t-il eu condamnation?

— Sans doute. Cela n'était guère possible autrement.

— Aux travaux forcés?...

— A perpétuité.

Il reprit d'une voix tellement faible qu'on l'entendait à peine :

— L'identité a donc été constatée?

— Quelle identité? répondit l'avocat. Il n'y avait pas d'identité à constater. L'affaire était simple. Cette femme avait tué son enfant, l'infanticide a été prouvé, le jury a écarté la préméditation, on l'a condamnée à vie.

— C'est donc une femme? dit-il.

— Mais sûrement. La fille Limosin. De quoi me parlez-vous donc?

— De rien, mais puisque c'est fini, comment se fait-il que la salle soit encore éclairée?

— C'est pour l'autre affaire qu'on a commencée il y a à peu près deux heures.

— Quelle autre affaire?

— Oh! celle-là est claire aussi. C'est une espèce de gueux, un récidiviste, un galérien, qui a volé. Je ne sais plus trop son nom. En voilà un qui vous a une mine de bandit. Rien que pour avoir cette figure-là, je l'enverrais aux galères.

— Monsieur, demanda-t-il, y a-t-il moyen de pénétrer dans la salle?

— Je ne crois vraiment pas. Il y a beaucoup de foule. Cependant l'audience est suspendue. Il y a des gens qui sont sortis, et à la reprise de l'audience, vous pourrez essayer.

— Par où entre-t-on?

— Par cette grande porte.

L'avocat le quitta. En quelques instants, il avait éprouvé, presque en même temps, presque mêlées, toutes les émotions possibles. Les paroles de cet indifférent lui avaient tour à tour traversé le cœur comme des aiguilles de glace et comme des lames de feu. Quand il vit que rien n'était terminé, il respira; mais il n'eût pu dire si ce qu'il ressentait était du contentement ou de la douleur.

Il s'approcha de plusieurs groupes et il écouta ce qu'on disait. Le rôle de la session étant très-chargé, le président avait indiqué pour ce même jour deux affaires simples et courtes. On avait commencé par l'infanticide, et maintenant on en était au forçat, au récidiviste, au « cheval de re-tour. » Cet homme avait volé des pommes, mais cela ne paraissait pas bien prouvé ; ce qui était prouvé, c'est qu'il avait été déjà aux galères à Tou-lon. C'est ce qui faisait son affaire mauvaise. Du reste, l'interrogatoire de l'homme était terminé et les dépositions des témoins ; mais il y avait encore les plaidoiries de l'avocat et le réquisitoire du minis-tère public ; cela ne devait guère finir avant minuit. L'homme serait probablement condamné ; l'avocat général était très-bon, — et ne *manquait* pas ses accusés ; — c'était un garçon d'esprit qui faisait des vers.

Un huissier se tenait debout près de la porte qui communiquait avec la salle des assises. Il de-manda à cet huissier :

— Monsieur, la porte va-t-elle bientôt s'ouvrir ?

— Elle ne s'ouvrira pas, dit l'huissier.

— Comment ! on ne l'ouvrira pas à la reprise de l'audience ? est-ce que l'audience n'est pas suspendue ?

— L'audience vient d'être reprise, répondit l'huissier, mais la porte ne se rouvrira pas.

— Pourquoi ?

— Parce que la salle est pleine.

— Quoi ! il n'y a plus une place ?

— Plus une seule. La porte est fermée. Personne ne peut plus entrer.

L'huissier ajouta après un silence : — Il y a bien encore deux ou trois places derrière monsieur le président, mais monsieur le président n'y admet que les fonctionnaires publics.

Cela dit, l'huissier lui tourna le dos.

Il se retira la tête baissée, traversa l'antichambre et redescendit l'escalier lentement, comme hésitant à chaque marche. Il est probable qu'il tenait conseil avec lui-même. Le violent combat qui se livrait en lui depuis la veille n'était pas fini ; et, à chaque instant, il en traversait quelque nouvelle péripétie. Arrivé sur le palier de l'escalier, il s'adossa à la rampe et croisa les bras. Tout à coup il ouvrit sa redingote, prit son portefeuille, en tira un crayon, déchira une feuille, et écrivit rapidement sur cette feuille à la lueur du réverbère cette ligne : — *M. Madeleine, maire de M.*— *sur M.*—; puis il remonta l'escalier à grands pas, fendit la foule, marcha droit à l'huissier, lui remit le papier et lui dit avec autorité : — Portez ceci à monsieur le président.

L'huissier prit le papier, y jeta un coup d'œil et obéit.

VIII

ENTRÉE DE FAVEUR

Sans qu'il s'en doutât, le maire de M. — sur
M. — avait une sorte de célébrité. Depuis sept
ans que sa réputation de vertu remplissait tout le
Bas-Boulonnais, elle avait fini par franchir les
limites d'un petit pays et s'était répandue dans les
deux ou trois départements voisins. Outre le service
considérable qu'il avait rendu au chef-lieu en y
restaurant l'industrie des verroteries noires. il

n'était pas une des cent quarante et une communes
de l'arrondissement de M. — sur M. — qui ne lui
dût quelque bienfait. Il avait su même au besoin
aider et féconder les industries des autres arrondis-
sements. C'est ainsi qu'il avait dans l'occasion sou-
tenu de son crédit et de ses fonds la fabrique de
tulle de Boulogne, la filature de lin à la mécanique
de Frévent et la manufacture hydraulique de toile
de Boubers-sur-Canche. Partout on prononçait avec
vénération le nom de M. Madeleine. Arras et Douai
enviaient son maire à l'heureuse petite ville de
M. — sur M. —.

Le conseiller à la cour royale de Douai, qui
présidait cette session des assises à Arras, connaissait comme tout le monde ce nom si profondément
et si universellement honoré. Quand l'huissier, ouvrant discrètement la porte qui communiquait de
la chambre du conseil à l'audience, se pencha derrière le fauteuil du président et lui remit le papier
où était écrite la ligne qu'on vient de lire, en ajoutant : *Ce monsieur désire assister à l'audience,* le
président fit un vif mouvement de déférence, saisit
une plume, écrivit quelques mots au bas du papier
et le rendit à l'huissier en lui disant : Faites entrer.

L'homme malheureux dont nous racontons l'histoire était resté près de la porte de la salle à la
même place et dans la même attitude où l'huissier
l'avait quitté. Il entendit, à travers sa rêverie,
quelqu'un qui lui disait : Monsieur veut-il bien
me faire l'honneur de me suivre ? C'était ce même
huissier qui lui avait tourné le dos l'instant d'auparavant et qui maintenant le saluait jusqu'à terre.
L'huissier en même temps lui remit le papier. Il le
déplia, et, comme il se rencontrait qu'il était près
de la lampe, il put lire :

« Le président de la cour d'assises présente son
« respect à M. Madeleine. »

Il froissa le papier entre ses mains, comme si
ces quelques mots eussent eu pour lui un arrière-
goût étrange et amer.

Il suivit l'huissier.

Quelques minutes après, il se trouvait seul dans
une espèce de cabinet lambrissé, d'un aspect sévère, éclairé par deux bougies posées sur une table
à tapis vert. Il avait encore dans l'oreille les dernières paroles de l'huissier qui venait de le quitter :
« Monsieur, vous voici dans la chambre du con-
« seil ; vous n'avez qu'à tourner le bouton de cuivre

« de cette porte et vous vous trouverez dans l'au-
« dience derrière le fauteuil de monsieur le prési-
« dent. » — Ces paroles se mêlaient dans sa
pensée à un souvenir vague de corridors étroits et
d'escaliers noirs qu'il venait de parcourir.

L'huissier l'avait laissé seul. Le moment suprême était arrivé. Il cherchait à se recueillir sans
pouvoir y parvenir. C'est surtout aux heures où
l'on aurait le plus besoin de les rattacher aux réalités poignantes de la vie que tous les fils de la
pensée se rompent dans le cerveau. Il était dans
l'endroit même où les juges délibèrent et con-
damnent. Il regardait avec une tranquillité stupide
cette chambre paisible et redoutable où tant d'existences avaient été brisées, où son nom allait re-
tentir tout à l'heure, et que sa destinée traversait
en ce moment. Il regardait la muraille, puis il se
regardait lui-même, s'étonnant que ce fût cette
chambre et que ce fût lui.

Il n'avait pas mangé depuis plus de vingt-quatre
heures, il était brisé par les cahots de la carriole,
mais il ne le sentait pas; il lui semblait qu'il ne
sentait rien.

Il s'approcha d'un cadre noir qui était accroché

au mur et qui contenait sous verre une vieille lettre
autographe de Jean Nicolas Pache, maire de Paris
et ministre, et datée, sans doute par erreur, du
9 *juin* an II, et dans laquelle Pache envoyait à la
commune la liste des ministres et des députés tenus
en arrestation chez eux. Un témoin qui l'eût pu
voir et qui l'eût observé en cet instant eût sans
doute imaginé que cette lettre lui paraissait bien
curieuse, car il n'en détachait pas ses yeux, et il
la lut deux ou trois fois. Il la lisait sans y faire
attention et à son insu. Il pensait à Fantine et à
Cosette.

Tout en rêvant, il se retourna, et ses yeux ren-
contrèrent le bouton de cuivre de la porte qui le
séparait de la salle des assises. Il avait presque
oublié cette porte. Son regard, d'abord calme,
s'y arrêta, resta attaché à ce bouton de cuivre,
puis devint effaré et fixe, et s'empreignit peu à
peu d'épouvante. Des gouttes de sueur lui sortaient d'entre les cheveux et ruisselaient sur ses
tempes.

A un certain moment, il fit avec une sorte d'autorité mêlée de rébellion ce geste indescriptible qui
veut dire et qui dit si bien : *Pardieu! qui est-ce*

qui n'y force? Puis il se tourna vivement, vit devant lui la porte par laquelle il était entré, y alla, l'ouvrit et sortit. Il n'était plus dans cette chambre ; il était dehors ; dans un corridor, un corridor long, étroit, coupé de degrés et de guichets, faisant toutes sortes d'angles, éclairé çà et là de réverbères pareils à des veilleuses de malades, le corridor par où il était venu. Il respira, il écouta ; aucun bruit derrière lui, aucun bruit devant lui ; il se mit à fuir comme si on le poursuivait.

Quand il eut doublé plusieurs des coudes de ce couloir, il écouta encore. C'était toujours le même silence et la même ombre autour de lui. Il était essoufflé, il chancelait, il s'appuya au mur. La pierre était froide, sa sueur était glacée sur son front, il se redressa en frissonnant.

Alors, là, seul, debout dans cette obscurité, tremblant de froid et d'autre chose peut-être, il songea.

Il avait songé toute la nuit, il avait songé toute la journée ; il n'entendait plus en lui qu'une voix qui disait : hélas !

Un quart d'heure s'écoula ainsi. Enfin, il pencha la tête, soupira avec angoisse, laissa pendre ses

bras, et revint sur ses pas. Il marchait lentement
et comme accablé. Il semblait que quelqu'un l'eût
atteint dans sa fuite et le ramenât.

Il rentra dans la chambre du conseil. La première chose qu'il aperçut, ce fut la gâchette de la
porte. Cette gâchette, ronde et en cuivre poli, res-
plendissait pour lui comme une effroyable étoile.
Il.la regardait comme une brebis regarderait l'œil
d'un tigre.

Ses yeux ne pouvaient s'en détacher.

De temps en temps il faisait un pas et se rap-
prochait de la porte.

S'il eût écouté, il eût entendu, comme une sorte
de murmure confus, le bruit de la salle voisine;
mais il n'écoutait pas, et il n'entendait pas.

Tout à coup, sans qu'il sût lui-même comment,
il se trouva près de la porte, il saisit convulsivement le bouton; la porte s'ouvrit.

Il était dans la salle d'audience.

IX

UN LIEU OU DES CONVICTIONS SONT EN TRAIN DE SE FORMER

Il fit un pas, referma machinalement la porte derrière lui et resta debout, considérant ce qu'il voyait.

C'était une assez vaste enceinte à peine éclairée, tantôt pleine de rumeur, tantôt pleine de silence, où tout l'appareil d'un procès criminel se développait avec sa gravité mesquine et lugubre au milieu de la foule.

A un bout de la salle, celui où il se trouvait, des
juges à l'air distrait, en robe usée, se rongeant les
ongles ou fermant les paupières; à l'autre bout,
une foule en haillons; des avocats dans toutes
sortes d'attitudes; des soldats au visage honnête
et dur; de vieilles boiseries tachées, un plafond sale,
des tables couvertes d'une serge plutôt jaune que
verte, des portes noircies par les mains; à des
clous plantés dans le lambris, des quinquets d'es-
taminet donnant plus de fumée que de clarté; sur
les tables, des chandelles dans des chandeliers de
cuivre; l'obscurité, la laideur, la tristesse; et de
tout cela se dégageait une impression austère et
auguste, car on y sentait cette grande chose
humaine qu'on appelle la loi et cette grande chose
divine qu'on appelle la justice.

Personne dans cette foule ne fit attention à lui.
Tous les regards convergeaient vers un point
unique, un banc de bois adossé à une petite porte,
le long de la muraille à gauche du président. Sur
ce banc, que plusieurs chandelles éclairaient, il y
avait un homme entre deux gendarmes.

Cet homme, c'était l'homme.

Il ne le chercha pas, il le vit. Ses yeux allèrent

là naturellement, comme s'ils avaient su d'avance où était cette figure.

Il crut se voir lui-même, vieilli, non pas sans doute absolument semblable de visage, mais tout pareil d'attitude et d'aspect, avec ces cheveux hérissés, avec cette prunelle fauve et inquiète, avec cette blouse, tel qu'il était le jour où il entrait à D. —. plein de haine et cachant dans son âme ce hideux trésor de pensées affreuses qu'il avait mis dix-neuf ans à ramasser sur le pavé du bagne.

Il se dit avec un frémissement : — Mon Dieu ! est-ce que je redeviendrai ainsi ?

Cet être paraissait au moins soixante ans. Il avait je ne sais quoi de rude, de stupide et d'effarouché.

Au bruit de la porte, on s'était rangé pour lui faire place, le président avait tourné la tête, et comprenant que le personnage qui venait d'entrer était M. le maire de M.— sur M.—, il l'avait salué. L'avocat général, qui avait vu M. Madeleine à M.— sur M.— où des opérations de son ministère l'avaient plus d'une fois appelé, le reconnut, et salua également. Lui s'en aperçut à peine. Il était en proie à une sorte d'hallucination ; il regardait.

Des juges, un greffier, des gendarmes, une foule
de têtes cruellement curieuses, il avait déjà vu
cela une fois, autrefois, il y avait vingt-sept ans.
Ces choses funestes, il les retrouvait ; elles étaient
là, elles remuaient, elles existaient ; ce n'était plus
un effort de sa mémoire, un mirage de sa pensée,
c'étaient de vrais gendarmes et de vrais juges, une
vraie foule et de vrais hommes en chair et en os.
C'en était fait, il voyait reparaître et revivre autour
de lui, avec tout ce que la réalité a de formidable,
les aspects monstrueux de son passé.

Tout cela était béant devant lui.

Il en eut horreur, il ferma les yeux, et s'écria au
plus profond de son âme : jamais !

Et par un jeu tragique de la destinée qui faisait trembler toutes ses idées et le rendait presque
fou, c'était un autre lui-même qui était là ! Cet
homme qu'on jugeait, tous l'appelaient Jean Valjean !

Il avait sous les yeux, vision inouïe, une sorte de
représentation du moment le plus horrible de sa
vie, jouée par son fantôme.

Tout y était, c'était le même appareil, la même
heure de nuit, presque les mêmes faces de juges,

de soldats et de spectateurs. Seulement au-dessus
de la tête du président, il y avait un crucifix,
chose qui manquait aux tribunaux du temps de sa
condamnation. Quand on l'avait jugé, Dieu était
absent.

Une chaise était derrière lui; il s'y laissa tomber,
terrifié de l'idée qu'on pouvait le voir. Quand il
fut assis, il profita d'une pile de cartons qui était
sur le bureau des juges pour dérober son visage à
toute la salle. Il pouvait maintenant voir sans être
vu. Il rentra pleinement dans le sentiment du réel;
peu à peu il se remit. Il arriva à cette phase de
calme où l'on peut écouter.

M. Bamatabois était au nombre des jurés.

Il chercha Javert, mais il ne le vit pas. Le banc
des témoins lui était caché par la table du greffier.
Et puis, nous venons de le dire, la salle était à
peine éclairée.

Au moment où il était entré, l'avocat de l'accusé
achevait sa plaidoirie. L'attention de tous était
excitée au plus haut point; l'affaire durait depuis
trois heures. Depuis trois heures, cette foule regardait plier peu à peu sous le poids d'une vraisemblance terrible un homme, un inconnu, une espèce

d'être misérable, profondément stupide ou profondément habile. Cet homme, on le sait déjà, était
un vagabond qui avait été trouvé dans un champ,
emportant une branche chargée de pommes mûres,
cassée à un pommier dans un clos voisin, appelé
le clos Pierron. Qui était cet homme? Une enquête
avait eu lieu, des témoins venaient d'être entendus,
ils avaient été unanimes, des lumières avaient
jailli de tout le débat. L'accusation disait : — Nous
ne tenons pas seulement un voleur de fruits, un
maraudeur; nous tenons là, dans notre main, un
bandit, un relaps en rupture de ban, un ancien
forçat, un scélérat des plus dangereux, un malfaiteur appelé Jean Valjean que la justice recherche
depuis longtemps, et qui, il y a huit ans, en sortant du bagne de Toulon, a commis un vol de
grand chemin à main armée sur la personne d'un
enfant savoyard appelé Petit-Gervais, crime prévu
par l'article 383 du Code pénal, pour lequel nous
nous réservons de le poursuivre ultérieurement,
quand l'identité sera judiciairement acquise. Il vient
de commettre un nouveau vol. C'est un cas de
récidive. Condamnez-le pour le fait nouveau; il
sera jugé plus tard pour le fait ancien. — Devant

cette accusation, devant l'unanimité des témoins,
l'accusé paraissait surtout étonné. Il faisait des
gestes et des signes qui voulaient dire non, ou bien
il considérait le plafond. Il parlait avec peine, répondait avec embarras, mais de la tête aux pieds
toute sa personne niait. Il était comme un idiot en
présence de toutes ces intelligences rangées en bataille autour de lui, et comme un étranger au milieu
de cette société qui le saisissait. Cependant il y
allait pour lui de l'avenir le plus menaçant, la vraisemblance croissait à chaque minute, et toute cette
foule regardait avec plus d'anxiété que lui-même
cette sentence pleine de calamités qui penchait sur
lui de plus en plus. Une éventualité laissait même
entrevoir, outre le bagne, la peine de mort possible, si l'identité était reconnue et si l'affaire Petit-
Gervais se terminait plus tard par une condamnation. Qu'était-ce que cet homme? De quelle nature
était son apathie? Était-ce imbécillité ou ruse?
Comprenait-il trop, ou ne comprenait-il pas du
tout? Questions qui divisaient la foule et semblaient
partager le jury. Il y avait dans ce procès ce qui
effraye et ce qui intrigue; le drame n'était pas seulement sombre, il était obscur.

Le défenseur avait assez bien plaidé, dans cette
langue de province qui a longtemps constitué l'éloquence du barreau et dont usaient jadis tous les
avocats, aussi bien à Paris qu'à Romorantin ou à
Montbrison. et qui aujourd'hui, étant devenue
classique, n'est plus guère parlée que par les ora-
teurs officiels du parquet, auxquels elle convient
par sa sonorité grave et son allure majestueuse;
langue où un mari s'appelle *un époux,* une femme,
une épouse, Paris, *le centre des arts et de la civilisation,* le roi, *le monarque,* monseigneur l'évêque,
un saint pontife, l'avocat général, *l'éloquent inter-
prète de la vindicte,* les plaidoiries, *les accents
qu'on vient d'entendre,* le siècle de Louis XIV, *le
grand siècle,* un théâtre, *le temple de Melpomène,*
la famille régnante, *l'auguste sang de nos rois,* un
concert, *une solennité musicale,* monsieur le général commandant le département, *l'illustre guerrier
qui,* etc., les élèves du séminaire, *ces tendres
lévites,* les erreurs imputées aux journaux, *l'im-
posture qui distille son venin dans les colonnes de
ces organes,* etc., etc. — L'avocat donc avait commencé par s'expliquer sur le vol des pommes, —
chose malaisée en beau style; mais Bénigne Bos-

suct lui-même a été obligé de faire allusion à une
poule en pleine oraison funèbre, et il s'en est tiré
avec pompe. L'avocat avait établi que le vol des
pommes n'était pas matériellement prouvé. — Son
client, qu'en sa qualité de défenseur, il persistait
à appeler Champmathieu, n'avait été vu de personne escaladant le mur ou cassant la branche. —
On l'avait arrêté nanti de cette branche (que l'avocat appelait plus volontiers *rameau*); — mais il
disait l'avoir trouvée à terre et ramassée. Où était
la preuve du contraire? — Sans doute cette branche
avait été cassée et dérobée après escalade, puis
jetée là par le maraudeur alarmé; sans doute il y
avait un voleur. — Mais qui est-ce qui prouvait
que ce voleur était Champmathieu? Une seule
chose. Sa qualité d'ancien forçat. L'avocat ne niait
pas que cette qualité ne parût malheureusement
bien constatée; l'accusé avait résidé à Faverolles;
l'accusé y avait été émondeur, le nom de Champmathieu pouvait bien avoir pour origine Jean Mathieu; tout cela était vrai; enfin quatre témoins
reconnaissaient sans hésiter et positivement Champmathieu pour être le galérien Jean Valjean; à ces
indications, à ces témoignages, l'avocat ne pouvait

opposer que la dénégation de son client, dénégation
intéressée; mais en supposant qu'il fût le forçat
Jean Valjean, cela prouvait-il qu'il fût le voleur des
pommes? c'était une présomption, tout au plus;
non une preuve. L'accusé, cela était vrai, et le
défenseur « dans sa bonne foi » devait en convenir,
avait adopté « un mauvais système de défense. »
Il s'obstinait à nier tout, le vol et sa qualité de
forçat. Un aveu sur ce dernier point eût mieux valu,
à coup sûr, et lui eût concilié l'indulgence de ses
juges; l'avocat le lui avait conseillé; mais l'accusé
s'y était refusé obstinément, croyant sans doute
sauver tout en n'avouant rien. C'était un tort, mais
ne fallait-il pas considérer la brièveté de cette intelligence? Cet homme était visiblement stupide.
Un long malheur au bagne, une longue misère
hors du bagne, l'avaient abruti, etc., etc., il se défendait mal, était-ce une raison pour le condamner?
Quant à l'affaire Petit-Gervais, l'avocat n'avait pas
à la discuter, elle n'était point dans la cause.
L'avocat concluait en suppliant le jury et la cour,
si l'identité de Jean Valjean leur paraissait évidente,
de lui appliquer les peines de police qui s'adres-
sent au condamné en rupture de ban, et non le

châtiment épouvantable qui frappe le forçat récidiviste.

L'avocat général répliqua au défenseur. Il fut
violent et fleuri, comme sont habituellement les
avocats généraux.

Il félicita le défenseur de sa « loyauté, » et profita habilement de cette loyauté. Il atteignit l'accusé par toutes les concessions que l'avocat avait
faites. L'avocat semblait accorder que l'accusé était
Jean Valjean. Il en prit acte. Cet homme était donc
Jean Valjean. Ceci était acquis à l'accusation et ne
pouvait plus se contester. Ici, par une habile anto-
nomase, remontant aux sources et aux causes de la
criminalité, l'avocat général tonna contre l'immo-
ralité de l'école romantique, alors à son aurore
sous le nom d'*école satanique* que lui avaient dé-
cerné les critiques de la *Quotidienne* et de l'*Ori-
flamme;* il attribua, non sans vraisemblance, à l'in-
fluence de cette littérature perverse le délit de
Champmathieu, ou pour mieux dire, de Jean Valjean. Ces considérations épuisées, il passa à Jean
Valjean lui-même. Qu'était-ce que Jean Valjean?
Description de Jean Valjean; un monstre vomi, etc.
Le modèle de ces sortes de descriptions est dans

le récit de Théramène, lequel n'est pas utile à la
tragédie, mais rend tous les jours de grands services à l'éloquence judiciaire. L'auditoire et les
jurés « frémirent. » La description achevée, l'avocat général reprit, dans un mouvement oratoire
fait pour exciter au plus haut point le lendemain
matin l'enthousiasme du Journal de la préfecture :
— Et c'est un pareil homme, etc., etc., etc., vagabond, mendiant, sans moyens d'existence, etc., etc..
— accoutumé par sa vie passée aux actions cou-
pables et peu corrigé par son séjour au bagne.
comme le prouve le crime commis sur Petit-Gervais, etc., etc., — c'est un homme pareil qui,
trouvé sur la voie publique en flagrant délit de vol,
à quelques pas d'un mur escaladé, tenant encore
à la main l'objet volé, nie le flagrant délit, le vol,
l'escalade, nie tout, nie jusqu'à son nom, nie jusqu'à son identité ! Outre cent autres preuves sur
lesquelles nous ne revenons pas, quatre témoins le
reconnaissent, Javert, l'intègre inspecteur de police
Javert, et trois de ses anciens compagnons d'ignominie, les forçats Brevet, Chenildieu et Cochepaille. Qu'oppose-t-il à cette unanimité fou-
droyante? Il nie. Quel endurcissement ! Vous ferez

justice, messieurs les jurés, etc., etc. — Pendant
que l'avocat général parlait, l'accusé écoutait, la
bouche ouverte, avec une sorte d'étonnement où il
entrait bien quelque admiration. Il était évidemment surpris qu'un homme pût parler comme cela.
De temps en temps, aux moments les plus « éner-
giques » du réquisitoire, dans ces instants où l'éloquence, qui ne peut se contenir, déborde dans un
flux d'épithètes flétrissantes et enveloppe l'accusé
comme un orage, il remuait lentement la tête de
droite à gauche et de gauche à droite, sorte de
protestation triste et muette dont il se contentait
depuis le commencement des débats. Deux ou trois
fois les spectateurs placés le plus près de lui l'entendirent dire à demi-voix : — Voilà ce que c'est,
de n'avoir pas demandé à M. Baloup ! — L'avocat général fit remarquer au jury cette attitude
hébétée, calculée évidemment, qui dénotait, non
l'imbécillité, mais l'adresse, la ruse, l'habitude
de tromper la justice, et qui mettait dans tout
son jour « la profonde perversité » de cet homme.
Il termina en faisant ses réserves pour l'affaire
Petit-Gervais, et en réclamant une condamnation
sévère.

C'était pour l'instant, on s'en souvient, les travaux forcés à perpétuité.

Le défenseur se leva, commença par complimen-
ter « monsieur l'avocat général » sur son « admirable parole, » puis répliqua comme il put, mais
il faiblissait ; le terrain évidemment se dérobait
sous lui.

X

LE SYSTEME DE DÉNÉGATIONS

L'instant de clore les débats était venu. Le président fit lever l'accusé et lui adressa la question d'usage : — Avez-vous quelque chose à ajouter à votre défense?

L'homme, debout, roulant dans ses mains un affreux bonnet qu'il avait, sembla ne pas entendre.

Le président répéta la question.

Cette fois l'homme entendit. Il parut com-

prendre. Il fit le mouvement de quelqu'un qui se
réveille, promena ses yeux autour de lui, regarda
le public, les gendarmes, son avocat, les jurés, la
cour, posa son poing monstrueux sur le rebord de
la boiserie placée devant son banc, regarda encore,
et tout à coup, fixant son regard sur l'avocat général, il se mit à parler. Ce fut comme une érup-
tion. Il sembla, à la façon dont les paroles s'échap-
paient de sa bouche, incohérentes, impétueuses,
heurtées, pêle-mêle, qu'elles s'y pressaient toutes
à la fois pour sortir en même temps. Il dit :

— J'ai à dire ça. Que j'ai été charron à Paris,
même que c'était chez monsieur Baloup. C'est un
état dur, dans la chose de charron, on travaille
toujours en plein air, dans des cours, sous des
hangars chez les bons maîtres, jamais dans des
ateliers fermés, parce qu'il faut des espaces, voyez-
vous. L'hiver, on a si froid qu'on se bat les bras
pour se réchauffer; mais les maîtres ne veulent
pas, ils disent que cela perd du temps. Manier du
fer quand il y a de la glace entre les pavés, c'est
rude. Ça vous use vite un homme. On est vieux
tout jeune dans cet état-là. A quarante ans, un
homme est fini. Moi, j'en avais cinquante-trois,

j'avais bien du mal. Et puis c'est si méchant les
ouvriers! Quand un bonhomme n'est plus jeune,
on vous l'appelle pour tout vieux serin, vieille bête!
Je ne gagnais plus que trente sous par jour, on me
payait le moins cher qu'on pouvait, les maîtres
profitaient de mon âge. Avec ça, j'avais ma fille
qui était blanchisseuse à la rivière. Elle gagnait
un peu de son côté; à nous deux, cela allait. Elle
avait de la peine aussi. Toute la journée dans un
baquet jusqu'à mi-corps, à la pluie, à la neige,
avec le vent qui vous coupe la figure; quand il
gèle, c'est tout de même, il faut laver; il y a des
personnes qui n'ont pas beaucoup de linge et qui
attendent après; si on ne lavait pas, on perdrait
des pratiques. Les planches sont mal jointes et il
vous tombe des gouttes d'eau partout. On a ses
jupes toutes mouillées, dessus et dessous. Ça pénètre. Elle a aussi travaillé au lavoir des Enfants-
Rouges, où l'eau arrive par des robinets. On n'est
pas dans le baquet. On lave devant soi au robinet
et on rince derrière soi dans le bassin. Comme
c'est fermé, on a moins froid au corps. Mais il y a
une buée d'eau chaude qui est terrible et qui vous
perd les yeux. Elle revenait à sept heures du soir,

et se couchait bien vite ; elle était si fatiguée. Son
mari la battait. Elle est morte. Nous n'avons pas
été bien heureux. C'était une brave fille qui n'allait
pas au bal, qui était bien tranquille. Je me rappelle un mardi gras où elle était couchée à huit
heures. Voilà. Je dis vrai. Vous n'avez qu'à demander. Ah, bien oui ! demander, que je suis bête !
Paris, c'est un gouffre. Qui est-ce qui connaît le
père Champmathieu ? Pourtant je vous dis monsieur
Baloup. Voyez chez monsieur Baloup. Après ça,
je ne sais pas ce qu'on me veut.

L'homme se tut, et resta debout. Il avait dit
ces choses d'une voix haute, rapide, rauque, dure
et enrouée, avec une sorte de naïveté irritée et sauvage. Une fois il s'était interrompu pour saluer
quelqu'un dans la foule. Les espèces d'affirmations qu'il semblait jeter au hasard devant lui,
lui venaient comme des hoquets, et il ajoutait
à chacune d'elles le geste d'un bûcheron qui
fend du bois. Quand il eut fini, l'auditoire éclata
de rire. Il regarda le public, et voyant qu'on
riait, et ne comprenant pas, il se mit à rire lui-
même.

Cela était sinistre.

Le président, homme attentif et bienveillant,
éleva la voix :

Il rappela à « messieurs les jurés » que « le
« sieur Baloup, l'ancien maître charron chez le-
« quel l'accusé disait avoir servi, avait été inutile-
« ment cité. Il était en faillite et n'avait pu être
« retrouvé. » Puis se tournant vers l'accusé, il
l'engagea à écouter ce qu'il allait lui dire et ajouta :
— Vous êtes dans une situation où il faut réfléchir.
Les présomptions les plus graves pèsent sur vous
et peuvent entraîner des conséquences capitales.
Accusé, dans votre intérêt, je vous interpelle une
dernière fois, expliquez-vous clairement sur ces
deux faits : — Premièrement, avez-vous, oui ou
non, franchi le mur du clos Pierron, cassé la
branche et volé les pommes, c'est-à-dire, commis
le crime de vol avec escalade ? Deuxièmement,
oui ou non, êtes-vous le forçat libéré Jean Valjean ?

L'accusé secoua la tête d'un air capable, comme
un homme qui a bien compris et qui sait ce qu'il
va répondre. Il ouvrit la bouche, se tourna vers le
président et dit :

— D'abord...

Puis il regarda son bonnet, il regarda le plafond, et se tut.

— Accusé, reprit l'avocat général d'une voix sévère, faites attention. Vous ne répondez à rien de ce qu'on vous demande. Votre trouble vous condamne. Il est évident que vous ne vous appelez pas Champmathieu, que vous êtes le forçat Jean Valjean caché d'abord sous le nom de Jean Mathieu qui était le nom de sa mère, que vous êtes allé en Auvergne, que vous êtes né à Faverolles où vous avez été émondeur. Il est évident que vous avez volé avec escalade des pommes mûres dans le clos Pierron. Messieurs les jurés apprécieront.

L'accusé avait fini par se rasseoir; il se leva brusquement quand l'avocat général eut fini, et il s'écria :

— Vous êtes très-méchant, vous! Voilà ce que je voulais dire. Je ne trouvais pas d'abord. Je n'ai rien volé, je suis un homme qui ne mange pas tous les jours. Je venais d'Ailly, je marchais dans le pays après une ondée qui avait fait la campagne toute jaune, même que les mares débordaient et qu'il ne sortait plus des sables que de petits brins d'herbe au bord de la route, j'ai trouvé une branche

cassée par terre où il y avait des pommes, j'ai
ramassé la branche sans savoir qu'elle me ferait
arriver de la peine. Il y a trois mois que je suis en
prison et qu'on me trimballe. Après ça, je ne peux
pas dire, on parle contre moi, on me dit : répondez! Le gendarme, qui est bon enfant, me pousse
le coude et me dit tout bas : réponds donc. Je ne
sais pas expliquer, moi, je n'ai pas fait les études,
je suis un pauvre homme. Voilà ce qu'on a tort
de ne pas voir. Je n'ai pas volé, j'ai ramassé par
terre des choses qu'il y avait. Vous dites Jean Valjean, Jean Mathieu! Je ne connais pas ces per-
sonnes-là. C'est des villageois. J'ai travaillé chez
monsieur Baloup, boulevard de l'Hôpital. Je m'appelle Champmathieu. Vous êtes bien malins de me
dire où je suis né. Moi, je l'ignore. Tout le monde
n'a pas des maisons pour y venir au monde. Ce
serait trop commode. Je crois que mon père et ma
mère étaient des gens qui allaient sur les routes;
je ne sais pas d'ailleurs. Quand j'étais enfant, on
m'appelait Petit, maintenant on m'appelle Vieux.
Voilà mes noms de baptême. Prenez ça comme
vous voudrez. J'ai été en Auvergne, j'ai été à Faverolles. Pardi! Eh bien? est-ce qu'on ne peut pas

avoir été en Auvergne et avoir été à Faverolles
sans avoir été aux galères? Je vous dis que je n'ai
pas volé, et que je suis le père Champmathieu. J'ai
été chez monsieur Baloup, j'ai été domicilié. Vous
m'ennuyez avec vos bêtises à la fin! Pourquoi
donc est-ce que le monde est après moi comme
des acharnés?

L'avocat général était demeuré debout; il
s'adressa au président :

— Monsieur le président, en présence des dénégations confuses, mais fort habiles de l'accusé,
qui voudrait bien se faire passer pour idiot, mais
qui n'y parviendra pas, — nous l'en prévenons, —
nous requérons qu'il vous plaise et qu'il plaise à la
cour appeler de nouveau dans cette enceinte les
condamnés Brevet, Cochepaille et Chenildieu et
l'inspecteur de police Javert, et les interpeller une
dernière fois sur l'identité de l'accusé avec le forçat
Jean Valjean.

— Je fais remarquer à monsieur l'avocat général, dit le président, que l'inspecteur de police Javert, rappelé par ses fonctions au chef-lieu d'un
arrondissement voisin, a quitté l'audience et même
la ville, aussitôt sa déposition faite. Nous lui en

avons accordé l'autorisation, avec l'agrément de monsieur l'avocat général et du défenseur de l'accusé.

— C'est juste, monsieur le président, reprit l'avocat général. En l'absence du sieur Javert, je crois devoir rappeler à messieurs les jurés ce qu'il a dit ici même il y a peu d'heures. Javert est un homme estimé qui honore par sa rigoureuse et stricte probité des fonctions inférieures, mais importantes. Voici en quels termes il a déposé : — « Je n'ai pas même besoin des présomptions mo« rales et des preuves matérielles qui démentent « les dénégations de l'accusé. Je le reconnais par« faitement. Cet homme ne s'appelle pas Champ« mathieu ; c'est un ancien forçat très-méchant et « très-redouté nommé Jean Valjean. On ne l'a « libéré à l'expiration de sa peine qu'avec un « extrême regret. Il a subi dix-neuf ans de tra« vaux forcés pour vol qualifié. Il avait cinq ou « six fois tenté de s'évader. Outre le vol Petit« Gervais et le vol Pierron, je le soupçonne encore « d'un vol commis chez sa grandeur le défunt « évêque de D. — Je l'ai souvent vu, à l'époque « où j'étais adjudant garde-chiourme au bagne de

« Toulon. Je répète que je le reconnais parfaite-
« ment. »

Cette déclaration si précise parut produire une
vive impression sur le public et le jury. L'avocat
général termina en insistant pour qu'à défaut de
Javert, les trois témoins Brevet, Chenildieu et Cochepaille fussent entendus de nouveau et interpel-
lés solennellement.

Le président transmit un ordre à un huissier et
un moment après la porte de la chambre des témoins s'ouvrit. L'huissier, accompagné d'un gendarme prêt à lui prêter main-forte, introduisit le
condamné Brevet. L'auditoire était en suspens et
toutes les poitrines palpitaient comme si elles n'eussent eu qu'une seule âme.

L'ancien forçat Brevet portait la veste noire et
grise des maisons centrales. Brevet était un personnage d'une soixantaine d'années qui avait une
espèce de figure d'homme d'affaires et l'air d'un
coquin. Cela va quelquefois ensemble. Il était
devenu, dans la prison où de nouveaux méfaits
l'avaient ramené, quelque chose comme guichetier.
C'était un homme dont les chefs disaient : Il
cherche à se rendre utile. Les aumôniers portaient

bon témoignage de ses habitudes religieuses. Il ne
faut pas oublier que ceci se passait sous la restau-
ration.

— Brevet, dit le président, vous avez subi une
condamnation infamante et vous ne pouvez prêter
serment.

Brevet baissa les yeux.

— Cependant, reprit le président, même dans
l'homme que la loi a dégradé, il peut rester, quand
la pitié divine le permet, un sentiment d'honneur
et d'équité. C'est à ce sentiment que je fais appel
à cette heure décisive. S'il existe encore en·vous,
et je l'espère, réfléchissez avant de me répondre,
considérez d'une part cet homme qu'un mot de
vous peut perdre, d'autre part la justice qu'un mot
de vous peut éclairer. L'instant est solennel, et il est
toujours temps de vous rétracter, si vous croyez
vous être trompé. — Accusé, levez-vous. — Brevet, regardez bien l'accusé, recueillez vos souvenirs, et dites-nous, en votre âme et conscience, si
vous persistez à reconnaître cet homme pour votre
ancien camarade de bagne Jean Valjean.

Brevet regarda l'accusé, puis se retourna vers
la cour.

— Oui, monsieur le président. C'est moi qui
l'ai reconnu le premier et je persiste. Cet homme
est Jean Valjean, entré à Toulon en 1796 et sorti
en 1815. Je suis sorti l'an d'après. Il a l'air d'une
brute maintenant, alors ce serait que l'âge l'a
abruti; au bagne il était sournois. Je le reconnais
positivement.

— Allez vous asseoir, dit le président. Accusé,
restez debout.

On introduisit Chenildieu, forçat à vie, comme
l'indiquaient sa casaque rouge et son bonnet vert.
Il subissait sa peine au bagne de Toulon, d'où on
l'avait extrait pour cette affaire. C'était un petit
homme d'environ cinquante ans, vif, ridé, chétif,
jaune, effronté, fiévreux, qui avait dans tous ses
membres et dans toute sa personne une sorte de
faiblesse maladive et dans le regard une force immense. Ses compagnons du bagne l'avaient surnommé Je-nie-Dieu.

Le président lui adressa à peu près les mêmes
paroles qu'à Brevet. Au moment où il lui rappela
que son infamie lui ôtait le droit de prêter serment,
Chenildieu leva la tête et regarda la foule en face.
Le président l'invita à se recueillir et lui demanda,

comme à Brevet, s'il persistait à reconnaître l'accusé.

Chenildieu éclata de rire.

— Pardieu! si je le reconnais! nous avons été cinq ans attachés à la même chaîne. Tu boudes donc, mon vieux?

— Allez vous asseoir, dit le président.

L'huissier amena Cochepaille; cet autre condamné à perpétuité, venu du bagne et vêtu de rouge comme Chenildieu, était un paysan de Lourdes et un demi-ours des Pyrénées. Il avait gardé des troupeaux dans la montagne, et de pâtre il avait glissé brigand. Cochepaille n'était pas moins sauvage et paraissait plus stupide encore que l'accusé. C'était un de ces malheureux hommes que la nature a ébauchés en bêtes fauves et que la société termine en galériens.

Le président essaya de le remuer par quelques paroles pathétiques et graves et lui demanda, comme aux deux autres, s'il persistait, sans hésitation et sans trouble, à reconnaître l'homme debout devant lui.

— C'est Jean Valjean, dit Cochepaille. Même qu'on l'appelait Jean-le-Cric, tant il était fort.

Chacune des affirmations de ces trois hommes, évidemment sincères et de bonne foi, avait soulevé dans l'auditoire un murmure de fâcheux augure pour l'accusé, murmure qui croissait et se prolongeait plus longtemps, chaque fois qu'une déclaration nouvelle venait s'ajouter à la précédente. L'accusé, lui, les avait écoutées avec ce visage étonné qui, selon l'accusation, était son principal moyen de défense. A la première, les gendarmes ses voisins l'avaient entendu grommeler entre ses dents : Ah bien ! en voilà un ! Après la seconde il dit un peu plus haut, d'un air presque satisfait : Bon ! A la troisième il s'écria : Fameux !

Le président l'interpella :

— Accusé, vous avez entendu. Qu'avez-vous à dire ?

Il répondit :

— Je dis — fameux !

Une rumeur éclata dans le public et gagna presque le jury. Il était évident que l'homme était perdu.

— Huissiers, dit le président, faites faire silence. Je vais clore les débats.

En ce moment un mouvement se fit tout à côté

du président. On entendit une voix qui criait :

— Brevet, Chenildieu, Cochepaille ! regardez de ce côté-ci.

Tous ceux qui entendirent cette voix se sentirent glacés, tant elle était lamentable et terrible. Les yeux se tournèrent vers le point d'où elle venait. Un homme, placé parmi les spectateurs privilégiés qui étaient assis derrière la cour, venait de se lever, avait poussé la porte à hauteur d'appui qui séparait le tribunal du prétoire, et était debout au milieu de la salle. Le président, l'avocat général, M. Bamatabois, vingt personnes, le reconnurent, et s'écrièrent à la fois :

— Monsieur Madeleine !

XI

CHAMPMATHIEU DE PLUS EN PLUS ÉTONNÉ.

C'était lui en effet. La lampe du greffier éclairait
son visage. Il tenait son chapeau à la main, il n'y
avait aucun désordre dans ses vêtements, sa redingote était boutonnée avec soin. Il était très-pâle et
il tremblait légèrement. Ses cheveux, gris encore
au moment de son arrivée à Arras, étaient maintenant tout à fait blancs. Ils avaient blanchi depuis
une heure qu'il était là.

Toutes les têtes se dressèrent. La sensation fut indescriptible. Il y eut dans l'auditoire un instant d'hésitation. La voix avait été si poignante, l'homme qui était là paraissait si calme, qu'au premier abord on ne comprit pas. On se demanda qui avait crié. On ne pouvait croire que ce fût cet homme tranquille qui eût jeté ce cri effrayant.

Cette indécision ne dura que quelques secondes. Avant même que le président et l'avocat-général eussent pu dire un mot, avant que les gendarmes et les huissiers eussent pu faire un geste, l'homme que tous appelaient encore en ce moment M. Madeleine s'était avancé vers les témoins Cochepaille, Brevet et Chenildieu.

— Vous ne me reconnaissez pas? dit-il.

Tous trois demeurèrent interdits et indiquèrent par un signe de tête qu'ils ne le connaissaient point. Cochepaille intimidé fit le salut militaire. M. Madeleine se tourna vers les jurés et vers la cour et dit d'une voix douce :

— Messieurs les jurés, faites relâcher l'accusé. Monsieur le président, faites-moi arrêter. L'homme que vous cherchez, ce n'est pas lui, c'est moi. Je suis Jean Valjean.

Pas une bouche ne respirait. A la première commotion de l'étonnement avait succédé un silence de
sépulcre. On sentait dans la salle cette espèce de
terreur religieuse qui saisit la foule lorsque quelque
chose de grand s'accomplit.

Cependant le visage du président s'était empreint
de sympathie et de tristesse; il avait échangé un
signe rapide avec l'avocat général et quelques paroles à voix basse avec les conseillers assesseurs.
Il s'adressa au public et demanda avec un accent
qui fut compris de tous :

— Y a-t-il un médecin ici?

L'avocat général prit la parole :

— Messieurs les jurés, l'incident si étrange et
si inattendu qui trouble l'audience ne nous inspire,
ainsi qu'à vous, qu'un sentiment que nous n'avons
pas besoin d'exprimer. Vous connaissez tous, au
moins de réputation, l'honorable M. Madeleine,
maire de M.— sur M.—. S'il y a un médecin dans
l'auditoire. nous nous joignons à monsieur le président pour le prier de vouloir bien assister monsieur Madeleine et le reconduire à sa demeure.

M. Madeleine ne laissa point achever l'avocat
général. Il l'interrompit d'un accent plein de

mansuétude et d'autorité. Voici les paroles qu'il prononça; les voici littéralement, telles qu'elles furent écrites immédiatement après l'audience par un des témoins de cette scène, telles qu'elles sont encore dans l'oreille de ceux qui les ont entendues, il y a près de quarante ans aujourd'hui.

— Je vous remercie, monsieur l'avocat général, mais je ne suis pas fou. Vous allez voir. Vous étiez sur le point de commettre une grande erreur, lâchez cet homme, j'accomplis un devoir, je suis ce malheureux condamné. Je suis le seul qui voie clair ici, et je vous dis la vérité. Ce que je fais en ce moment, Dieu, qui est là-haut, le regarde, et cela suffit. Vous pouvez me prendre, puisque me voilà. J'avais pourtant fait de mon mieux. Je me suis caché sous un nom; je suis devenu riche, je suis devenu maire; j'ai voulu rentrer parmi les honnêtes gens. Il paraît que cela ne se peut pas. Enfin, il y a bien des choses que je ne puis pas dire, je ne vais pas vous raconter ma vie, un jour on saura. J'ai volé monseigneur l'évêque, cela est vrai; j'ai volé Petit-Gervais, cela est vrai. On a eu raison de vous dire que Jean Valjean était un malheureux très-méchant. Toute la faute n'est peut-

être pas à lui. Écoutez, messieurs les juges, un
homme aussi abaissé que moi n'a pas de remon-
trance à faire à la Providence ni de conseil à donner à la société; mais voyez-vous, l'infamie d'où
j'avais essayé de sortir est une chose nuisible. Les
galères font le galérien. Recueillez cela, si vous
voulez. Avant le bagne, j'étais un pauvre paysan,
très-peu intelligent, une espèce d'idiot; le bagne
m'a changé. J'étais stupide, je suis devenu méchant; j'étais bûche, je suis devenu tison. Plus
tard l'indulgence et la bonté m'ont sauvé, comme
la sévérité m'avait perdu. Mais, pardon, vous ne
pouvez pas comprendre ce que je dis là. Vous trouverez chez moi, dans les cendres de la cheminée,
la pièce de quarante sous que j'ai volée il y a sept
ans à Petit-Gervais. Je n'ai plus rien à ajouter.
Prenez-moi. Mon Dieu! monsieur l'avocat général
remue la tête, vous dites : M. Madeleine est
devenu fou; vous ne me croyez pas! Voilà qui est
affligeant. N'allez point condamner cet homme au
moins! Quoi! ceux-ci ne me reconnaissent pas!
Je voudrais que Javert fût ici. Il me reconnaîtrait,
lui!

Rien ne pourrait rendre ce qu'il y avait de mélancolie bienveillante et sombre dans l'accent qui accompagnait ces paroles.

Il se tourna vers les trois forçats :

— Eh bien, je vous reconnais, moi! Brevet! vous rappelez-vous?...

Il s'interrompit, hésita un moment, et dit :

— Te rappelles-tu ces bretelles en tricot à damier que tu avais au bagne?

Brevet eut comme une secousse de surprise et le regarda de la tête aux pieds d'un air effrayé. Lui continua :

— Chenildieu, qui te surnommais toi-même Jenic-Dieu, tu as toute l'épaule droite brûlée profondément, parce que tu t'es couché un jour l'épaule sur un réchaud plein de braise, pour effacer les trois lettres T. F. P., qu'on y voit toujours cependant. Réponds, est-ce vrai?

— C'est vrai, dit Chenildieu.

Il s'adressa à Cochepaille :

— Cochepaille, tu as près de la saignée du bras gauche une date gravée en lettres bleues avec de la poudre brûlée. Cette date, c'est celle du débarquement de l'empereur à Cannes, 1er *mars* 1815. Relève ta manche.

Cochepaille releva sa manche, tous les regards se penchèrent autour de lui sur son bras nu. Un gendarme approcha une lampe; la date y était.

Le malheureux homme se tourna vers l'auditoire et vers les juges avec un sourire dont ceux qui l'ont vu sont encore navrés lorsqu'ils y songent. C'était le sourire du triomphe, c'était aussi le sourire du désespoir.

— Vous voyez bien, dit-il, que je suis Jean Valjean.

Il n'y avait plus dans cette enceinte ni juges, ni accusateurs, ni gendarmes; il n'y avait que des yeux fixes et des cœurs émus. Personne ne se rappelait plus le rôle que chacun pouvait avoir à jouer; l'avocat général oubliait qu'il était là pour requérir, le président qu'il était là pour présider, le défenseur qu'il était là pour défendre. Chose frappante, aucune question ne fut faite, aucune autorité n'intervint. Le propre des spectacles sublimes, c'est de prendre toutes les âmes et de faire de tous les témoins des spectateurs. Aucun peut-être ne se rendait compte de ce qu'il éprouvait; aucun, sans doute, ne se disait qu'il voyait resplendir là une grande lumière ; tous intérieurement se sentaient éblouis.

Il était évident qu'on avait sous les yeux Jean Valjean. Cela rayonnait. L'apparition de cet homme avait suffi pour remplir de clarté cette aventure si obscure le moment d'auparavant. Sans qu'il fût besoin d'aucune explication désormais, toute cette foule, comme par une sorte de révélation électrique, comprit tout de suite et d'un seul coup d'œil cette simple et magnifique histoire d'un homme qui se livrait pour qu'un autre homme ne fût pas condamné à sa place. Les détails, les hésitations, les petites résistances possibles se perdirent dans ce vaste fait lumineux.

Impression qui passa vite, mais qui dans l'instant fut irrésistible.

— Je ne veux pas déranger davantage l'audience, reprit Jean Valjean. Je m'en vais, puisqu'on ne m'arrête pas. J'ai plusieurs choses à faire. Monsieur l'avocat général sait qui je suis, il sait où je vais, il me fera arrêter quand il voudra.

Il se dirigea vers la porte de sortie. Pas une voix ne s'éleva, pas un bras ne s'étendit pour l'empêcher. Tous s'écartèrent. Il avait en ce moment ce je ne sais quoi de divin qui fait que les multitudes reculent et se rangent devant un homme. Il traversa la foule à pas lents. On n'a jamais su qui ouvrit la porte, mais il est certain que la porte se trouva ouverte lorsqu'il y parvint. Arrivé là, il se retourna et dit :

— Monsieur l'avocat général, je reste à votre disposition.

Puis il s'adressa à l'auditoire :

— Vous tous, tous ceux qui sont ici, vous me trouvez digne de pitié, n'est-ce pas? Mon Dieu! quand je pense à ce que j'ai été sur le point de faire, je me trouve digne d'envie. Cependant j'aurais mieux aimé que tout ceci n'arrivât pas.

Il sortit, et la porte se referma comme elle avait été ouverte, car ceux qui font de certaines choses souveraines sont toujours sûrs d'être servis par quelqu'un dans la foule.

Moins d'une heure après, le verdict du jury déchargeait de toute accusation le nommé Champmathieu; et Champmathieu, mis en liberté immédiatement, s'en allait stupéfait, croyant tous les hommes fous et ne comprenant rien à cette vision.

LIVRE HUITIÈME

CONTRE-COUP

I

DANS QUEL MIROIR M. MADELEINE REGARDE
SES CHEVEUX

Le jour commençait à poindre. Fantine avait eu
une nuit de fièvre et d'insomnie, pleine d'ailleurs
d'images heureuses ; au matin, elle s'endormit. La
sœur Simplice qui l'avait veillée profita de ce sommeil pour aller préparer une nouvelle potion de
quinquina. La digne sœur était depuis . quelques
instants dans le laboratoire de l'infirmerie, pen-

chée sur ses drogues et sur ses fioles et regardant
de très-près, à cause de cette brume que le crépuscule répand sur les objets. Tout à coup elle
tourna la tête et fit un léger cri. M. Madeleine
était devant elle. Il venait d'entrer silencieu-
sement.

— C'est vous, monsieur le maire ! s'écria-t-elle.

Il répondit, à voix basse :

— Comment va cette pauvre femme?

— Pas mal en ce moment. Mais nous avons été
bien inquiets, allez !

Elle lui expliqua ce qui s'était passé, que Fantine était bien mal la veille et que maintenant elle
était mieux, parce qu'elle croyait que monsieur le
maire était allé chercher son enfant à Montfermeil.
La sœur n'osa pas interroger monsieur le maire ;
mais elle vit bien à son air que ce n'était point de
là qu'il venait.

— Tout cela est bien, dit-il, vous avez eu raison
de ne pas la détromper.

— Oui, reprit la sœur, mais maintenant, monsieur le maire, qu'elle va vous voir et qu'elle ne
verra pas son enfant, que lui dirons-nous?

Il resta un moment rêveur.

— Dieu nous inspirera, dit-il.

— On ne pourrait cependant pas mentir, murmura la sœur à demi-voix.

Le plein jour s'était fait dans la chambre. Il
éclairait en face le visage de M. Madeleine. Le hasard fit que la sœur leva les yeux.

— Mon Dieu, monsieur! s'écria-t-elle, que'vous
est-il donc arrivé? vos cheveux sont tout blancs!

— Blancs! dit-il.

La sœur Simplice n'avait point de miroir; elle
fouilla dans une trousse et en tira une petite glace
dont se servait le médecin de l'infirmerie pour
constater qu'un malade était mort et ne respirait
plus. M. Madeleine prit la glace, y considéra ses
cheveux et dit : Tiens!

Il prononça ce mot avec indifférence et comme
s'il pensait à autre chose.

La sœur se sentit glacée par je ne sais quoi
d'inconnu qu'elle entrevoyait dans tout ceci.

Il demanda :

— Puis-je la voir?

— Est-ce que monsieur le maire ne lui fera pas
revenir son enfant? dit la sœur, osant à peine hasarder une question.

— Sans doute, mais il faut au moins deux ou trois jours.

— Si elle ne voyait pas monsieur le maire d'ici là, reprit timidement la sœur, elle ne saurait pas que monsieur le maire est de retour, il serait aisé de lui faire prendre patience, et quand l'enfant arriverait, elle penserait tout naturellement que monsieur le maire est arrivé avec l'enfant. On n'aurait pas de mensonge à faire.

M. Madeleine parut réfléchir quelques instants, puis il dit avec sa gravité calme :

— Non, ma sœur, il faut que je la voie. Je suis peut-être pressé.

La religieuse ne sembla pas remarquer ce mot : « peut-être, » qui donnait un sens obscur et singulier aux paroles de M. le maire. Elle répondit en baissant les yeux et la voix respectueusement :

— En ce cas, elle repose, mais monsieur le maire peut entrer.

Il fit quelques observations sur une porte qui fermait mal, et dont le bruit pouvait réveiller la malade, puis il entra dans la chambre de Fantine, s'approcha du lit et entr'ouvrit les rideaux. Elle dormait. Son souffle sortait de sa poitrine avec ce

bruit tragique qui est propre à ces maladies, et qui
navre les pauvres mères lorsqu'elles veillent la
nuit près de leur enfant condamné et endormi.
Mais cette respiration pénible troublait à peine
une sorte de sérénité ineffable, répandue sur son
visage, qui la transfigurait dans son sommeil. Sa
pâleur était devenue de la blancheur ; ses joues
étaient vermeilles. Ses longs cils blonds, la seule
beauté qui lui fût restée de sa virginité et de sa
jeunesse, palpitaient tout en demeurant clos et
baissés. Toute sa personne tremblait de je ne sais
quel déploiement d'ailes prêtes à s'entr'ouvrir et à
l'emporter, qu'on sentait frémir, mais qu'on ne
voyait pas. A la voir ainsi, on n'eût jamais pu
croire que c'était là une malade presque déses-
pérée. Elle ressemblait plutôt à ce qui va s'envoler
qu'à ce qui va mourir.

La branche, lorsqu'une main s'approche pour
détacher la fleur, frissonne, et semble à la fois se
dérober et s'offrir. Le corps humain a quelque
chose de ce tressaillement, quand arrive l'instant
où les doigts mystérieux de la mort vont cueillir
l'âme.

M. Madeleine resta quelque temps immobile

près de ce lit, regardant tour à tour la malade et le crucifix, comme il faisait deux mois auparavant, le jour où il était venu pour la première fois la voir dans cet asile. Ils étaient encore là tous les deux dans la même attitude ; elle dormant, lui priant ; seulement maintenant, depuis ces deux mois écoulés, elle avait des cheveux gris et lui des cheveux blancs.

La sœur n'était pas entrée avec lui. Il se tenait près de ce lit, debout, le doigt sur la bouche, comme s'il y eût dans la chambre quelqu'un à faire taire.

Elle ouvrit les yeux, le vit, et dit paisiblement, avec un sourire :

— Et Cosette ?

II

FANTINE HEUREUSE

Elle n'eut pas un mouvement de surprise, ni un mouvement de joie ; elle était la joie même. Cette simple question : — Et Cosette ? fut faite avec une foi si profonde, avec tant de certitude, avec une absence si complète d'inquiétude et de doute, qu'il ne trouva pas une parole. Elle continua :

— Je savais que vous étiez là, je dormais, mais je vous voyais. Il y a longtemps que je vous vois, je vous ai suivi des yeux toute la nuit. Vous étiez dans une gloire et vous aviez autour de vous toutes sortes de figures célestes.

Il leva son regard vers le crucifix.

— Mais, reprit-elle, dites-moi donc où est Cosette? Pourquoi ne l'avoir pas mise sur mon lit pour le moment où je m'éveillerais?

Il répondit machinalement quelque chose qu'il n'a jamais pu se rappeler plus tard.

Heureusement le médecin, averti, était survenu. Il vint en aide à M. Madeleine.

— Mon enfant, dit le médecin, calmez-vous. Votre enfant est là.

Les yeux de Fantine s'illuminèrent et couvrirent de clarté tout son visage. Elle joignit les mains avec une expression qui contenait tout ce que la prière peut avoir à la fois de plus violent et de plus doux :

– Oh! s'écria-t-elle, apportez-la-moi!

Touchante illusion de mère! Cosette était toujours pour elle le petit enfant qu'on apporte.

— Pas encore, reprit le médecin, pas en ce moment. Vous avez un reste de fièvre. La vue de votre enfant vous agiterait et vous ferait du mal. Il faut d'abord vous guérir.

Elle l'interrompit impétueusement.

— Mais je suis guérie ! je vous dis que je suis guérie ! Est-il âne, ce médecin ! Ah çà ! je veux voir mon enfant, moi !

— Vous voyez, dit le médecin, comme vous vous emportez. Tant que vous serez ainsi, je m'opposerai à ce que vous ayez votre enfant. Il ne suffit pas de la voir, il faut vivre pour elle. Quand vous serez raisonnable, je vous l'amènerai moi-même.

La pauvre mère courba la tête.

— Monsieur le médecin, je vous demande pardon, je vous demande vraiment bien pardon. Autrefois je n'aurais pas parlé comme je viens de faire, il m'est arrivé tant de malheurs que quelquefois je ne sais plus ce que je dis. Je comprends, vous craignez l'émotion, j'attendrai tant que vous voudrez, mais je vous jure que cela ne m'aurait pas fait de mal de voir ma fille. Je la vois, je ne la quitte pas des yeux depuis hier au soir. Savez-vous ? on me l'apporterait maintenant que je me mettrais à lui parler doucement. Voilà tout. Est-ce que ce n'est pas bien naturel que j'aie envie de voir mon enfant qu'on a été me chercher exprès à

Montfermeil? Je ne suis pas en colère. Je sais bien que je vais être heureuse. Toute la nuit j'ai vu des choses blanches et des personnes qui me souriaient. Quand monsieur le médecin voudra, il m'apportera ma Cosette. Je n'ai plus de fièvre, puisque je suis guérie ; je sens bien que je n'ai plus rien du tout ; mais je vais faire comme si j'étais malade et ne pas bouger pour faire plaisir aux dames d'ici. Quand on verra que je suis bien tranquille, on dira : il faut lui donner son enfant.

M. Madeleine s'était assis sur une chaise qui était à côté du lit. Elle se tourna vers lui ; elle faisait visiblement effort pour paraître calme et « bien sage, » comme elle disait dans cet affaiblissement de la maladie qui ressemble à l'enfance, afin que, la voyant si paisible, on ne fît pas difficulté de lui amener Cosette. Cependant, tout en se contenant, elle ne pouvait s'empêcher d'adresser à M. Madeleine mille questions.

— Avez-vous fait un bon voyage, monsieur le maire? Oh! comme vous êtes bon d'avoir été me la chercher ! Dites-moi seulement comment elle est. A-t-elle bien supporté la route? Hélas! elle ne me reconnaîtra pas ! Depuis le temps, elle m'a ou-

bliée, pauvre chou! Les enfants, cela n'a pas de
mémoire. C'est comme des oiseaux. Aujourd'hui
cela voit une chose et demain une autre, et cela ne
pense plus à rien. Avait-elle du linge blanc seulement? Ces Thénardier la tenaient-ils proprement?
Comment la nourrissait-on? Oh! comme j'ai souffert, si vous saviez! de me faire toutes ces ques-
tions-là dans le temps de ma misère! Maintenant,
c'est passé! Je suis joyeuse! Oh! que je voudrais
donc la voir! Monsieur le maire, l'avez-vous trouvée jolie? N'est-ce pas qu'elle est belle, ma fille?
Vous devez avoir eu bien froid dans cette diligence? Est-ce qu'on ne pourrait pas l'amener rien
qu'un petit moment? On la remporterait tout de
suite après! Dites! vous qui êtes le maître, si vous
vouliez!

Il lui prit la main : — Cosette est belle, dit-il,
Cosette se porte bien, vous la verrez bientôt, mais
apaisez-vous. Vous parlez trop vivement, et puis
vous sortez vos bras du lit, et cela vous fait
tousser.

En effet des quintes de toux interrompaient Fantine presque à chaque mot.

Fantine ne murmura pas, elle craignit d'avoir

compromis par quelques plaintes trop passionnées la confiance qu'elle voulait inspirer, et elle se mit à dire des paroles indifférentes.

— C'est assez joli, Montfermeil, n'est-ce pas ! L'été, on va y faire des parties de plaisir. Ces Thénardier font-ils de bonnes affaires ? Il ne passe pas grand monde dans leur pays. C'est une espèce de gargote que cette auberge-là.

M. Madeleine lui tenait toujours la main, il la considérait avec anxiété; il était évident qu'il était venu pour lui dire des choses devant lesquelles sa pensée hésitait maintenant. Le médecin, sa visite faite, s'était retiré. La sœur Simplice était seule restée auprès d'eux.

Cependant, au milieu de ce silence, Fantine s'écria :

— Je l'entends ! mon Dieu ! je l'entends !

Elle étendit le bras pour qu'on se tût autour d'elle, retint son souffle, et se mit à écouter avec ravissement.

Il y avait un enfant qui jouait dans la cour; l'enfant de la portière ou d'une ouvrière quelconque. C'est là un de ces hasards qu'on retrouve toujours et qui semblent faire partie de la mystérieuse mise

en scène des événements lugubres. L'enfant, c'était
une petite fille, allait, venait, courait pour se réchauffer, riait et chantait à haute voix. Hélas! à
quoi les jeux des enfants ne se mêlent-ils pas!
C'était cette petite fille que Fantine entendait
chanter.

— Oh! reprit-elle, c'est ma Cosette! je reconnais sa voix!

L'enfant s'éloigna comme il était venu, la voix
s'éteignit, Fantine écouta encore quelque temps,
puis son visage s'assombrit, et M. Madeleine l'entendit qui disait à voix basse : — Comme ce médecin est méchant de ne pas me laisser voir ma
fille! Il a une mauvaise figure, cet homme-là!

Cependant le fond riant de ses idées revint. Elle
continua de se parler à elle-même, la tête sur
l'oreiller : — Comme nous allons être heureuses!
Nous aurons un petit jardin, d'abord! monsieur
Madeleine me l'a promis. Ma fille jouera dans le
jardin. Elle doit savoir ses lettres maintenant. Je la
ferai épeler. Elle courra dans l'herbe après les
papillons. Je la regarderai. Et puis elle fera sa première communion. Ah çà! quand fera-t-elle sa première communion?

Elle se mit à compter sur ses doigts.

— ... Un, deux, trois, quatre... elle a sept ans. Dans cinq ans. Elle aura un voile blanc, des bas à jour, elle aura l'air d'une petite femme. O ma bonne sœur, vous ne savez pas comme je suis bête, voilà que je pense à la première communion de ma fille !

Et elle se mit à rire.

Il avait quitté la main de Fantine. Il écoutait ces paroles comme on écoute un vent qui souffle, les yeux à terre, l'esprit plongé dans des réflexions sans fond. Tout à coup elle cessa de parler, cela lui fit lever machinalement la tête. Fantine était devenue effrayante.

Elle ne parlait plus, elle ne respirait plus ; elle s'était soulevée à demi sur son séant, son épaule maigre sortait de sa chemise ; son visage, radieux le moment d'auparavant, était blême, et elle paraissait fixer sur quelque chose de formidable, devant elle, à l'autre extrémité de la chambre, son œil agrandi par la terreur.

— Mon Dieu ! s'écria-t-il. Qu'avez-vous, Fantine ?

Elle ne répondit pas, elle ne quitta point des

yeux l'objet quelconque qu'elle semblait voir; elle lui toucha le bras d'une main et de l'autre lui fit signe de regarder derrière lui.

Il se retourna, et vit Javert.

III

JAVERT CONTENT

.

Voici ce qui s'était passé.

Minuit et demi venait de sonner, quand M. Madeleine était sorti de la salle des assises d'Arras. Il était rentré à son auberge juste à temps pour repartir par la malle-poste où l'on se rappelle qu'il avait retenu sa place. Un peu avant six heures du matin, il était arrivé à M. — sur M. —, et son premier soin avait été de jeter à la poste sa lettre

à M. Laffitte, puis d'entrer à l'infirmerie et de voir
Fantine.

Cependant, à peine avait-il quitté la salle d'audience de la cour d'assises, que l'avocat général,
revenu du premier saisissement, avait pris la parole
pour déplorer l'acte de folie de l'honorable maire
de M.— sur M.—, déclarer que ses convictions
n'étaient en rien modifiées par cet incident bizarre
qui s'éclaircirait plus tard, et requérir, en attendant, la condamnation de ce Champmathieu, évidemment le vrai Jean Valjean. La persistance de
l'avocat général était visiblement en contradiction
avec le sentiment de tous, du public, de la cour et
du jury. Le défenseur avait eu peu de peine à ré-
futer cette harangue et à établir que, par suite des
révélations de M. Madeleine, c'est-à-dire du vrai
Jean Valjean, la face de l'affaire était bouleversée
de fond en comble, et que le jury n'avait plus devant les yeux qu'un innocent. L'avocat avait tiré
de là quelques épiphonèmes, malheureusement peu
neufs, sur les erreurs judiciaires, etc., etc.; le
président, dans son résumé, s'était joint au défenseur, et le jury en quelques minutes avait mis hors
de cause Champmathieu.

Cependant il fallait un Jean Valjean à l'avocat général, et n'ayant plus Champmathieu, il prit Madeleine.

Immédiatement après la mise en liberté de Champmathieu, l'avocat général s'enferma avec le président. Ils conférèrent « de la nécessité de se « saisir de la personne de M. le maire de M. — sur « M. —. » Cette phrase, où il y a beaucoup de *de*, est de M. l'avocat général, entièrement écrite de sa main sur la minute de son rapport au procureur général. La première émotion passée, le président fit peu d'objections. Il fallait bien que justice eût son cours. Et puis, pour tout dire, quoique le président fût homme bon et assez intelligent, il était en même temps fort royaliste et presque ardent, et il avait été choqué que le maire de M. — sur M.—, en parlant du débarquement à Cannes, eût dit l'*empereur* et non *Buonaparte*.

L'ordre d'arrestation fut donc expédié. L'avocat général l'envoya à M. — sur M. — par un exprès, à franc étrier, et en chargea l'inspecteur de police Javert.

On sait que Javert était revenu à M. — sur M. — immédiatement après avoir fait sa déposition.

Javert se levait au moment où l'exprès lui remit l'ordre d'arrestation et le mandat d'amener.

L'exprès était lui-même un homme de police fort entendu qui, en deux mots, mit Javert au fait de ce qui était arrivé à Arras. L'ordre d'arrestation, signé de l'avocat général, était ainsi conçu :
— L'inspecteur Javert appréhendera au corps le sieur Madeleine, maire de M. — sur M. —, qui, dans l'audience de ce jour, a été reconnu pour être le forçat libéré Jean Valjean.

Quelqu'un qui n'eût pas connu Javert et qui l'eût vu au moment où il pénétra dans l'antichambre de l'infirmerie, n'eût pu rien deviner de ce qui se passait, et lui eût trouvé l'air le plus ordinaire du monde. Il était froid, calme, grave, avait ses cheveux gris parfaitement lissés sur les tempes et venait de monter l'escalier avec sa lenteur habituelle. Quelqu'un qui l'eût connu à fond et qui l'eût examiné attentivement, eût frémi. La boucle de son col de cuir, au lieu d'être sur sa nuque, était sur son oreille gauche. Ceci révélait une agitation inouïe.

Javert était un caractère complet, ne faisant faire de pli ni à son devoir, ni à son uniforme ;

méthodique avec les scélérats, rigide avec les
boutons de son habit.

Pour qu'il eût mal mis la boucle de son col, il
fallait qu'il y eût en lui une de ces émotions qu'on
pourrait appeler des tremblements de terre inté-
rieurs.

Il était venu simplement, avait requis un caporal
et quatre soldats au poste voisin, avait laissé les
soldats dans la cour, et s'était fait indiquer la
chambre de Fantine par la portière sans défiance,
accoutumée qu'elle était à voir des gens armés
demander monsieur le maire.

Arrivé à la chambre de Fantine, Javert tourna
la clef, poussa la porte avec une douceur de garde-
malade ou de mouchard, et entra.

A proprement parler, il n'entra pas. Il se tint
debout dans la porte entre-bâillée, le chapeau sur
la tête, la main gauche dans sa redingote fermée
jusqu'au menton. Dans le pli du coude on pouvait
voir le pommeau de plomb de son énorme canne,
laquelle disparaissait derrière lui.

Il resta ainsi près d'une minute, sans qu'on
s'aperçût de sa présence. Tout à coup Fantine
leva les yeux, le vit et fit retourner M. Madeleine.

A l'instant où le regard de Madeleine rencontra le regard de Javert, Javert, sans bouger, sans remuer, sans approcher, devint épouvantable. Aucun sentiment humain ne réussit à être effroyable comme la joie.

Ce fut le visage d'un démon qui vient de retrouver son damné.

La certitude de tenir enfin Jean Valjean fit apparaître sur sa physionomie tout ce qu'il avait dans l'âme. Le fond remué monta à la surface. L'humiliation d'avoir un peu perdu la piste et de s'être mépris quelques minutes sur ce Champmathieu, s'effaçait sous l'orgueil d'avoir si bien deviné d'abord et d'avoir eu si longtemps un instinct juste. Le contentement de Javert éclata dans son attitude souveraine. La difformité du triomphe s'épanouit sur ce front étroit. Ce fut tout le déploiement d'horreur que peut donner une figure satisfaite.

Javert en ce moment était au ciel. Sans qu'il s'en rendît nettement compte, mais pourtant avec une intuition confuse de sa nécessité et de son succès, il personnifiait, lui Javert, la justice, la lumière et la vérité dans leur fonction céleste

d'écrasement du mal. Il avait derrière lui et autour
de lui, à une profondeur infinie, l'autorité, la
raison, la chose jugée, la conscience légale, la
vindicte publique, toutes les étoiles ; il protégeait
l'ordre, il faisait sortir de la loi la foudre, il ven-
geait la société, il prêtait main-forte à l'absolu; il
se dressait dans une gloire; il y avait dans sa vic-
toire un reste de défi et de combat; debout, altier,
éclatant, il étalait en plein azur la bestialité sur-
humaine d'un archange féroce; l'ombre redoutable
de l'action qu'il accomplissait faisait visible à son
poing crispé le vague flamboiement de l'épée sociale; heureux et indigné, il tenait sous son talon
le crime, le vice, la rébellion, la perdition, l'enfer,
il rayonnait, il exterminait, il souriait, et il y avait
une incontestable grandeur dans ce saint Michel
monstrueux.

Javert, effroyable, n'avait rien d'ignoble.

La probité, la sincérité, la candeur, la conviction, l'idée du devoir, sont des choses qui, en
se trompant, peuvent devenir hideuses, mais qui,
même hideuses, restent grandes; leur majesté,
propre à la conscience humaine, persiste dans
l'horreur : ce sont des vertus qui ont un vice,

l'erreur. L'impitoyable joie honnête d'un fanatique en pleine atrocité conserve on ne sait quel rayonnement lugubrement vénérable. Sans qu'il s'en doutât, Javert, dans son bonheur formidable, était à plaindre comme tout ignorant qui triomphe. Rien n'était poignant et terrible comme cette figure où se montrait ce qu'on pourrait appeler tout le mauvais du bon.

IV

L'AUTORITÉ REPREND SES DROITS

La Fantine n'avait point vu Javert depuis le jour
où M. le maire l'avait arrachée à cet homme. Son
cerveau malade ne se rendit compte de rien, seulement elle ne douta pas qu'il ne revînt la chercher.
Elle ne put supporter cette figure affreuse, elle se
sentit expirer, elle cacha son visage de ses deux
mains et cria avec angoisse :

— Monsieur Madeleine, sauvez-moi !

Jean Valjean, — nous ne le nommerons plus désormais autrement, — s'était levé. Il dit à Fantine de sa voix la plus douce et la plus calme :

— Soyez tranquille. Ce n'est pas pour vous qu'il vient.

Puis il s'adressa à Javert et lui dit :

— Je sais ce que vous voulez.

Javert répondit :

— Allons, vite !

Il y eut dans l'inflexion qui accompagna ces deux mots je ne sais quoi de fauve et de frénétique. Javert ne dit pas : Allons, vite ! il dit : Allonouaîte ! Aucune orthographe ne pourrait rendre l'accent dont cela fut prononcé ; ce n'était plus une parole humaine ; c'était un rugissement.

Il ne fit point comme d'habitude ; il n'entra point en matière ; il n'exhiba point de mandat d'amener. Pour lui, Jean Valjean était une sorte de combattant mystérieux et insaisissable, un lutteur ténébreux qu'il étreignait depuis cinq ans sans pouvoir le renverser. Cette arrestation n'était pas un commencement, mais une fin. Il se borna à dire : Allons, vite !

En parlant ainsi, il ne fit point un pas ; il lança

sur Jean Valjean ce regard qu'il jetait comme un crampon, et avec lequel il avait coutume de tirer violemment les misérables à lui.

C'était ce regard que la Fantine avait senti pénétrer jusque dans la moelle de ses os, deux mois auparavant.

Au cri de Javert, Fantine avait rouvert les yeux. Mais M. le maire était là, que pouvait-elle craindre?

Javert avança au milieu de la chambre et cria :

— Ah çà! viendras-tu?

La malheureuse regarda autour d'elle. Il n'y avait personne que la religieuse et M. le maire. A qui pouvait s'adresser ce tutoiement abject? A elle seulement. Elle frissonna.

Alors elle vit une chose inouïe, tellement inouïe que jamais rien de pareil ne lui était apparu dans les plus noirs délires de la fièvre.

Elle vit le mouchard Javert saisir au collet M. le maire; elle vit M. le maire courber la tête. Il lui sembla que le monde s'évanouissait.

Javert, en effet, avait pris Jean Valjean au collet.

— Monsieur le maire! cria Fantine.

Javert éclata de rire, de cet affreux rire qui lui déchaussait toutes les dents.

— Il n'y a plus de monsieur le maire ici!

Jean Valjean n'essaya pas de déranger la main qui tenait le col de sa redingote. Il dit :

— Javert...

Javert l'interrompit : — Appelle-moi monsieur l'inspecteur.

— Monsieur, reprit Jean Valjean, je voudrais vous dire un mot en particulier.

— Tout haut! parle tout haut, répondit Javert; on me parle tout haut à moi!

Jean Valjean continua en baissant la voix :

— C'est une prière que j'ai à vous faire...

— Je te dis de parler tout haut.

— Mais cela ne doit être entendu que de vous seul...

— Qu'est-ce que cela me fait? je n'écoute pas!

Jean Valjean se tourna vers lui et lui dit rapidement et très-bas :

— Accordez-moi trois jours! Trois jours pour aller chercher l'enfant de cette malheureuse femme! Je payerai ce qu'il faudra! Vous m'accompagnerez si vous voulez.

— Tu veux rire! cria Javert. Ah çà! je ne te croyais pas bête! Tu me demandes trois jours pour t'en aller! Tu dis que c'est pour aller chercher l'enfant de cette fille! Ah! ah! c'est bon! voilà qui est bon!

Fantine eut un tremblement.

— Mon enfant! s'écria-t-elle, aller chercher mon enfant! Elle n'est donc pas ici! Ma sœur, répondez-moi, où est Cosette? je veux mon enfant! monsieur Madeleine! monsieur le maire!

Javert frappa du pied.

— Voilà l'autre, à présent! Te tairas-tu, drôlesse! Gredin de pays où les galériens sont magistrats et où les filles publiques sont soignées comme des comtesses! Ah, mais! tout ça va changer; il était temps!

Il regarda fixement Fantine et ajouta, en reprenant à poignée la cravate, la chemise et le collet de Jean Valjean :

— Je te dis qu'il n'y a point de monsieur Madeleine et qu'il n'y a point de monsieur le maire. Il y a un voleur, il y a un brigand, il y a un forçat appelé Jean Valjean! c'est lui que je tiens! voilà ce qu'il y a!

Fantine se dressa en sursaut, appuyée sur ses bras roides et sur ses deux mains, elle regarda Jean Valjean, elle regarda Javert, elle regarda la religieuse, elle ouvrit la bouche comme pour parler, un râle sortit du fond de sa gorge, ses dents claquèrent, elle étendit les bras avec angoisse, ouvrant convulsivement les mains, et cherchant autour d'elle comme quelqu'un qui se noie, puis elle s'affaissa subitement sur l'oreiller.

Sa tête heurta le chevet du lit et vint retomber sur sa poitrine, la bouche béante, les yeux ouverts et éteints.

Elle était morte.

Jean Valjean posa sa main sur la main de Javert qui le tenait, et l'ouvrit comme il eût ouvert la main d'un enfant, puis il dit à Javert :

— Vous avez tué cette femme.

— Finirons-nous! cria Javert furieux, je ne suis pas ici pour entendre des raisons. Économisons tout ça; la garde est en bas, marchons tout de suite, ou les poucettes!

Il y avait dans un coin de la chambre un vieux lit en fer en assez mauvais état qui servait de lit de camp aux sœurs quand elles veillaient, Jean

Valjean alla à ce lit, disloqua en un clin d'œil-le
chevet déjà fort délabré, chose facile à des mus-
cles comme les siens, saisit à poigne-main la maîtresse tringle, et considéra Javert. Javert recula
vers la porte.

Jean Valjean, sa barre de fer au poing, marcha
lentement vers le lit de Fantine. Quand il y fut
parvenu, il se retourna et dit à Javert d'une voix
qu'on entendait à peine :

— Je ne vous conseille pas de me déranger en
ce moment.

Ce qui est certain, c'est que Javert tremblait.

Il eut l'idée d'aller appeler la garde, mais Jean
Valjean pouvait profiter de cette minute pour s'évader. Il resta donc, saisit sa canne par le petit
bout, et s'adossa au chambranle de la porte sans
quitter du regard Jean Valjean.

Jean Valjean posa son coude sur la pomme du
chevet du lit et son front sur sa main, et se mit à
contempler Fantine immobile et étendue. Il demeura
ainsi, absorbé, muet, et ne songeant évidemment
plus à aucune chose de cette vie. Il n'y avait plus
rien sur son visage et dans son attitude qu'une
inexprimable pitié. Après quelques instants de cette

rêverie, il se pencha vers Fantine et lui parla à voix basse.

Que lui dit-il ? Que pouvait dire cet homme qui était réprouvé, à cette femme qui était morte ? Qu'était-ce que ces paroles ? Personne sur la terre ne les a entendues. La morte les entendit-elle ? Il y a des illusions touchantes qui sont peut-être des réalités sublimes. Ce qui est hors de doute, c'est que la sœur Simplice, unique témoin de la chose qui se passait, a souvent raconté qu'au moment où Jean Valjean parla à l'oreille de Fantine, elle vit distinctement poindre un ineffable sourire sur ces lèvres pâles et dans ces prunelles vagues, pleines de l'étonnement du tombeau.

Jean Valjean prit dans ses deux mains la tête de Fantine et l'arrangea sur l'oreiller comme une mère eût fait pour son enfant, puis il lui rattacha le cordon de sa chemise et rentra ses cheveux sous son bonnet. Cela fait, il lui ferma les yeux.

La face de Fantine en cet instant semblait étrangement éclairée.

La mort, c'est l'entrée dans la grande lueur.

La main de Fantine pendait hors du lit. Jean

Valjean s'agenouilla devant cette main, la souleva doucement et la baisa.

Puis il se redressa, et se tournant vers Javert :

— Maintenant, dit-il, je suis à vous.

V

TOMBEAU CONVENABLE

Javert déposa Jean Valjean à la prison de la ville.

L'arrestation de M. Madeleine produisit à M. — sur M. — une sensation, ou pour mieux dire une commotion extraordinaire. Nous sommes triste de ne pouvoir dissimuler que sur ce seul mot : *c'était un galérien,* tout le monde à peu près l'abandonna. En moins de deux heures tout le bien qu'il avait fait fut oublié, et ce ne fut plus « qu'un galérien. » Il est juste de dire qu'on ne connaissait pas encore les détails de l'événement d'Arras. Toute la journée on entendait dans toutes les parties de la ville des conversations comme celle-ci :

— Vous ne savez pas ? C'était un forçat libéré ! — Qui ça ? — Le maire. — Bah ! M. Madeleine ? — Oui. — Vraiment ? — Il ne s'appelait pas Madeleine ; il a un affreux nom, Béjean, Bojean, Boujean. — Ah, mon Dieu ! — Il est arrêté. — Arrêté ! — En prison, à la prison de la ville, en attendant qu'on le transfère. — Qu'on le transfère ! On va le transférer ! Où va-t-on le transférer ? — Il va passer aux assises pour un vol de grand chemin qu'il a fait autrefois. — Eh bien ! je m'en doutais. Cet homme était trop bon, trop parfait, trop confit. Il refusait la croix, il donnait des sous à tous les petits drôles qu'il rencontrait. J'ai toujours pensé qu'il y avait là-dessous quelque mauvaise histoire.

« Les salons » surtout abondèrent dans ce sens.

Une vieille dame, abonnée au *Drapeau blanc,* fit cette réflexion dont il est presque impossible de sonder la profondeur :

— Je n'en suis pas fâchée. Cela apprendra aux buonapartistes !

C'est ainsi que ce fantôme qui s'était appelé
M. Madeleine se dissipa à M.— sur M.—. Trois
ou quatre personnes seulement dans toute la ville
restèrent fidèles à cette mémoire. La vieille portière
qui l'avait servi fut du nombre.

Le soir de ce même jour, cette digne vieille
était assise dans sa loge, encore tout effarée et
réfléchissant tristement. La fabrique avait été fermée toute la journée, la porte cochère était verrouil-
lée, la rue était déserte. Il n'y avait dans la
maison que les deux religieuses, sœur Perpétue
et sœur Simplice, qui veillaient près du corps de
Fantine.

Vers l'heure où M. Madeleine avait coutume de
rentrer, la brave portière se leva machinalement,
prit la clef de la chambre de M. Madeleine dans
un tiroir et le bougeoir dont il se servait tous les
soirs pour monter chez lui, puis elle accrocha la
clef au clou où il la prenait d'habitude et plaça le
bougeoir à côté, comme si elle l'attendait. Ensuite
elle se rassit sur sa chaise et se remit à songer.
La pauvre bonne vieille avait fait tout cela sans en
avoir conscience.

Ce ne fut qu'au bout de plus de deux heures

qu'elle sortit de sa rêverie et s'écria : Tiens! mon
bon Dieu Jésus! moi qui ai mis sa clef au clou!

En ce moment la vitre de la loge s'ouvrit, une
main passa par l'ouverture, saisit la clef et le bougeoir et alluma la bougie à la chandelle qui brûlait.

La portière leva les yeux et resta béante, avec
un cri dans le gosier qu'elle retint.

Elle connaissait cette main, ce bras, cette manche
de redingote.

C'était M. Madeleine.

Elle fut quelques secondes avant de pouvoir
parler, *saisie,* comme elle le disait elle-même plus
tard en racontant son aventure.

— Mon Dieu, monsieur le maire, s'écria-t-elle
enfin, je vous croyais...

Elle s'arrêta, la fin de sa phrase eût manqué de
respect au commencement. Jean Valjean était toujours pour elle monsieur le maire.

Il acheva sa pensée.

— En prison, dit-il. J'y étais, j'ai brisé un barreau d'une fenêtre, je me suis laissé tomber du
haut d'un toit, et me voici. Je monte à ma chambre,
allez me chercher la sœur Simplice. Elle est sans
doute près de cette pauvre femme.

La vieille obéit en toute hâte.

Il ne lui fit aucune recommandation ; il était bien sûr qu'elle le garderait mieux qu'il ne se garderait lui-même.

On n'a jamais su comment il avait réussi à pénétrer dans la cour sans faire ouvrir la porte cochère. Il avait, et portait toujours sur lui, un passe-partout qui ouvrait une petite porte latérale ; mais on avait dû le fouiller et lui prendre son passe-partout. Ce point n'a pas été éclairci.

Il monta l'escalier qui conduisait à sa chambre. Arrivé en haut, il laissa son bougeoir sur les dernières marches de l'escalier, ouvrit sa porte avec peu de bruit, et alla fermer à tâtons sa fenêtre et son volet, puis il revint prendre sa bougie et rentra dans sa chambre.

La précaution était utile ; on se souvient que sa fenêtre pouvait être aperçue de la rue.

Il jeta un coup d'œil autour de lui, sur sa table, sur sa chaise, sur son lit qui n'avait pas été défait depuis trois jours. Il ne restait aucune trace du désordre de l'avant-dernière nuit. La portière avait « fait la chambre. » Seulement elle avait ramassé dans les cendres et posé proprement sur la table les deux bouts du bâton ferré et la pièce de quarante sous noircie par le feu.

Il prit une feuille de papier sur laquelle il écrivit : *Voici les deux bouts de mon bâton ferré et la pièce de quarante sous volée à Petit-Gervais dont j'ai parlé à la cour d'assises,* et il posa sur cette feuille la pièce d'argent et les deux morceaux de fer, de façon que ce fût la première chose qu'on aperçût en entrant dans la chambre. Il tira d'une armoire une vieille chemise à lui qu'il déchira. Cela fit quelques morceaux de toile dans lesquels il emballa les deux flambeaux d'argent. Du reste il n'avait ni hâte ni agitation. Et, tout en emballant les chandeliers de l'évêque, il mordait dans un morceau de pain noir. Il est probable que c'était le pain de la prison qu'il avait emporté en s'évadant.

Ceci a été constaté par les miettes de pain qui furent trouvées sur le carreau de la chambre, lorsque la justice plus tard fit une perquisition.

On frappa deux petits coups à la porte.

— Entrez, dit-il.

C'était la sœur Simplice.

Elle était pâle, elle avait les yeux rouges, la

chandelle qu'elle tenait vacillait dans sa main. Les
violences de la destinée ont cela de particulier
que, si perfectionnés ou si refroidis que nous
soyons, elles nous tirent du fond des entrailles la
nature humaine et la forcent de reparaître au dehors. Dans les émotions de cette journée, la religieuse était redevenue femme. Elle avait pleuré,
et elle tremblait.

Jean Valjean venait d'écrire quelques lignes sur
un papier qu'il tendit à la religieuse en disant : —
Ma sœur, vous remettrez ceci à monsieur le curé.

Le papier était déplié. Elle y jeta les yeux.

— Vous pouvez lire, dit-il.

Elle lut : — « Je prie monsieur le curé de veiller
« sur tout ce que je laisse ici. Il voudra bien payer
« là-dessus les frais de mon procès et l'enterrement
« de la femme qui est morte aujourd'hui. Le reste
« sera aux pauvres. »

La sœur voulut parler, mais elle put à peine
balbutier quelques sons inarticulés. Elle parvint
cependant à dire :

— Est-ce que monsieur le maire ne désire pas
revoir une dernière fois cette pauvre malheureuse?

— Non, dit-il, on est à ma poursuite, on n'aurait qu'à m'arrêter dans sa chambre, cela la troublerait.

Il achevait à peine qu'un grand bruit se fit dans l'escalier. Ils entendirent un tumulte de pas qui montaient, et la vieille portière qui disait de sa voix la plus haute et la plus perçante :

— Mon bon monsieur, je vous jure le bon Dieu qu'il n'est entré personne ici de toute la journée, de toute la soirée, que même je n'ai pas quitté ma porte !

Un homme répondit :

— Cependant il y a de la lumière dans cette chambre.

Ils reconnurent la voix de Javert.

La chambre était disposée de façon que la porte en s'ouvrant masquait l'angle du mur à droite. Jean Valjean souffla la bougie et se mit dans cet angle.

La sœur Simplice tomba à genoux près de la table.

La porte s'ouvrit.

Javert entra.

On entendait le chuchotement de plusieurs hommes et les protestations de la portière dans le corridor.

La religieuse ne leva pas les yeux. Elle priait.

La chandelle était sur la cheminée et ne donnait
que peu de clarté.

Javert aperçut la sœur et s'arrêta interdit.

On se rappelle que le fond même de Javert,
son élément, son milieu respirable, c'était la vénération de toute autorité. Il était tout d'une pièce et
n'admettait ni objection, ni restriction. Pour lui,
bien entendu, l'autorité ecclésiastique était la première de toutes, il était religieux, superficiel et
correct sur ce point comme sur tous. A ses yeux
un prêtre était un esprit qui ne se trompe pas,
une religieuse était une créature qui ne pèche
pas. C'étaient des âmes murées à ce monde avec
une seule porte qui ne s'ouvrait jamais que pour
laisser sortir la vérité.

En apercevant la sœur, son premier mouvement fut de se retirer.

Cependant il y avait aussi un autre devoir qui le
tenait, et qui le poussait impérieusement en sens
inverse. Son second mouvement fut de rester, et
de hasarder au moins une question.

C'était cette sœur Simplice qui n'avait menti de
sa vie. Javert le savait, et la vénérait particulièrement à cause de cela.

— Ma sœur, dit-il, êtes-vous seule dans cette chambre?

Il y eut un moment affreux pendant lequel la pauvre portière se sentit défaillir.

La sœur leva les yeux et répondit :

— Oui.

— Ainsi, reprit Javert, excusez-moi si j'insiste, c'est mon devoir, vous n'avez pas vu ce soir une personne, un homme, il s'est évadé, nous le cherchons, — ce nommé Jean Valjean, vous ne l'avez pas vu?

La sœur répondit : — Non.

Elle mentit. Elle mentit deux fois de suite, coup sur coup, sans hésiter, rapidement, comme on se dévoue.

— Pardon, dit Javert, et il se retira en saluant profondément.

O sainte fille! vous n'êtes plus de ce monde depuis beaucoup d'années; vous avez rejoint dans la lumière vos sœurs les vierges et vos frères les anges; que ce mensonge vous soit compté dans le paradis !

L'affirmation de la sœur fut pour Javert quelque chose de si décisif qu'il ne remarqua même pas la singularité de cette bougie qu'on venait de souffler et qui fumait sur la table.

Une heure après, un homme, marchant à travers les arbres et les brumes, s'éloignait rapidement de M. — sur M. — dans la direction de Paris. Cet homme était Jean Valjean. Il a été établi, par le témoignage de deux ou trois rouliers qui l'avaient rencontré, qu'il portait un paquet et qu'il était vêtu d'une blouse. Où avait-il pris cette blouse? On ne l'a jamais su. Cependant, un vieux ouvrier était mort quelques jours auparavant à l'infirmerie de la fabrique, ne laissant que sa blouse. C'était peut-être celle-là.

Un dernier mot sur Fantine.

Nous avons tous une mère, la terre. On rendit Fantine à cette mère.

Le curé crut bien faire, et fit bien peut-être, en réservant, sur ce que Jean Valjean avait laissé, le plus d'argent possible aux pauvres. Après tout, de quoi s'agissait-il? d'un forçat et d'une fille publique. C'est pourquoi il simplifia l'enterrement de Fantine, et le réduisit à ce strict nécessaire qu'on appelle la fosse commune.

Fantine fut donc enterrée dans le coin gratis du

cimetière qui est à tous et à personne, et où l'on perd les pauvres. Heureusement Dieu sait où retrouver l'âme. On coucha Fantine dans les ténèbres parmi les premiers os venus ; elle subit la promiscuité des cendres. Elle fut jetée à la fosse publique. Sa tombe ressembla à son lit.

TABLE

TABLE

DU TOME DEUXIÈME

———

PREMIÈRE PARTIE

FANTINE

—

LIVRE QUATRIÈME

CONFIER, C'EST QUELQUEFOIS LIVRER

LIVRE CINQUIÈME

LA DESCENTE

LIVRE SIXIÈME

JAVERT

TABLE   381

LIVRE SEPTIÈME

L'AFFAIRE CHAMPMATHIEU

LIVRE HUITIÈME

CONTRE-COUP

———

PARIS. — IMPRIMERIE DE J. CLAYE, RUE SAINT-BENOIT, 7

LES MISÉRABLES

SONT DIVISÉS

En CINQ PARTIES de DEUX VOLUMES chacune.

Iʳᵉ PARTIE

FANTINE

IIᵉ PARTIE	IIIᵉ PARTIE
COSETTE	MARIUS

IVᵉ PARTIE

L'IDYLLE RUE PLUMET
ET L'ÉPOPÉE RUE SAINT-DENIS

Vᵉ PARTIE

JEAN VALJEAN

La deuxième partie, COSETTE, et la troisième, MARIUS, paraîtront ensemble le 10 mai.

La quatrième, L'IDYLLE RUE PLUMET ET L'ÉPOPÉE RUE SAINT-DENIS, paraîtra le 1ᵉʳ juin.

La cinquième, JEAN VALJEAN, paraîtra le 25 juin.

Chaque partie se vend séparement 12 francs les deux volumes.

Il est tiré cent exemplaires d'amateur sur papier velin vergé, au prix de 24 francs les deux volumes composant chaque partie.

PARIS — IMPRIMERIE DE J. CLAYE, RUE SAINT-BENOIT, 7

www.ingramcontent.com/pod-product-compliance
Lightning Source LLC
Chambersburg PA
CBHW050317030726
47505CB00003B/743